BARRILLOT

# LES VIERGES

## DU FOYER

LÉGENDES POÉTIQUES ET MORALES

PARIS

LAROUSSE ET BOYER, LIBRAIRES-ÉDITEURS

49, RUE SAINT-ANDRÉ-DES-ARTS.

*Prix 4ᵗ*

LES

# VIERGES DU FOYER

*Chaque exemplaire porte la signature des Éditeurs.*

PARIS. TYP. PILLET FILS AINÉ, RUE DES GRANDS-AUGUSTINS, 5.

BARRILLOT

# LES VIERGES

## DU FOYER

LÉGENDES POÉTIQUES ET MORALES

PARIS

LAROUSSE ET BOYER, LIBRAIRES ÉDITEURS

49, RUE SAINT-ANDRÉ DES ARTS

1880

# PRÉFACE

L'auteur qui s'agenouille dans une préface en demandant grâce au public, pendant qu'au fond de sa vanité il entend une voix menteuse lui dire : On te prendra par la main et l'on te mettra sur un piédestal...; l'auteur qui procède ainsi a tort : on doit la vérité à tout le monde, et à soi-même plus qu'à tout autre. Si vous vous trompez dans cette appréciation personnelle, on s'empressera de trouver une excuse dans votre sincérité.

L'ouvrage que je présente aujourd'hui au public s'adresse spécialement à la jeunesse. MM. Larousse et Boyer ayant vu dans la *Folle du logis* et les *Vierges* les éléments d'un livre à l'usage des écoles, m'ont chargé d'y faire un choix des morceaux propres à être mis entre les mains de la jeunesse. C'est ainsi que j'ai composé les *Vierges du foyer;* mais, je dois l'avouer, certaines pièces de vers que l'inspiration avait fait jaillir en bloc de mon cerveau, ont dû souffrir quelques mutilations; beaucoup de strophes sont restées sur le champ de bataille où je livrais la guerre à mon œuvre, aux fils de ma tête, aux filles de mon cœur. Voilà pourquoi ce livre ne représente que trois faces du caractère multiple de l'auteur : la morale, la naïveté et le

coloris ; voilà pourquoi les *Vierges à l'Étoile, aux Bande-
lettes, aux Tourterelles, au Myrte, aux Raisins*, etc., etc.,
n'ont pas trouvé place dans ce volume, parce que ces filles
hardies parlent une langue étrangère à la jeunesse ; voilà
pourquoi aussi on lira dans ce volume des pièces d'un
caractère de naïveté plus marqué, parce qu'elles furent
écrites lorsque j'avais dix-huit ou vingt ans, à cet âge où
l'on est plus naïf qu'à tout autre, et plus écouteur
qu'observateur. J'écoutais le bruit du vent quand il gémit,
siffle, chante ou gronde ; j'écoutais le frissonnement des
feuilles et le froissement des nuages qui laissent échapper
la foudre ! J'écoutais, au printemps, le merle à la voix
sympathique, le rossignol aimant l'herbe et les eaux, ce
poëte ailé qui, du haut d'une branche, pendant que la
femelle couve ses œufs dans le gazon, fait ruisseler de son
bec effilé mille gouttes d'harmonie, qui deviennent un
ruisseau dans lequel le cœur se baigne avec volupté. Et
quand j'avais écouté toutes ces grandes et belles choses,
avant de m'endormir, je sentais au profond de mon cœur
une voix qui cherchait à se faire l'écho des voix de la
nature que mon oreille avait entendues ! Enfin, voilà
pourquoi j'ai chanté avant de savoir écrire ; en un mot, j'ai
bégayé des vers comme le cerisier produit des cerises, sans
m'en rendre compte, parce que Dieu a tout fait, même le
poëte et le cerisier.

J'ai dit plus haut : On doit la vérité à tout le monde, et à
soi-même plus qu'à tout autre ; voilà pourquoi je confesse
dans toute la sincérité de mon âme que les *Vierges du foyer*
renferment des vers et même des pièces entières auxquels
le but de l'ouvrage a enlevé leur allure vigoureuse ; cer-
tains alexandrins semblent avoir mis une perruque blanche, passez-moi cette figure un peu hasardée, afin de
déguiser leur virilité. Mais qu'importe, si je suis sympathique à la jeunesse qui me lira ? Plus tard, si elle se sou-
vient du vieil ami qui, doux et caressant, venait lui chanter

de naïves choses sur les bancs de l'école, elle reconstruira,
en lisant mes ouvrages, les vers que j'avais adoucis pour
ses chastes oreilles. Et l'écolier, devenu magistrat, diplo-
mate, ministre ou poëte, qui sait? dira, en voyant les vers
que j'avais écrits pour les hommes : oui, ceux-là ont plus
de nerf et de vigueur que ceux que je lisais à la classe; et
la jeune écolière, si belle et si rieuse, devenue mère de famille, dira, en endormant son dernier-né au chant peut-être
de ces vers que je lui offre aujourd'hui : Ce vieux poëte,
comme il cherchait à se rajeunir ! comme il bégayait notre
langue! comme il imitait la voix des petits oiseaux pour
se faire petit et naïf avec nous ! Alors, mes chers petits lec-
teurs ; alors, mes belles et jeunes lectrices, vous direz :
Il chantait des berceuses aux enfants parce qu'il aimait
l'enfance ; il priait parce qu'il croyait en Dieu ; il fustigeait
les hommes parce qu'il aimait l'humanité.

BARRILLOT.

Paris, juin 1859.

# VIERGES DU FOYER

I

## LA VIERGE A LA NEIGE

Aux cimes de ces monts d'où descend l'avalanche,
Dans les rayons d'argent de la lune au front clair,
Quelle est donc cette femme aérienne et blanche
Dont le voile léger flotte au souffle de l'air ?

C'est Grésilla, la vierge amante de la neige
Que le vent noir du nord chasse par tourbillons.
Trois chiens du Saint—Bernard lui forment un cortége :
Ils sont doux, caressants, forts comme des lions !

Les plis immaculés de sa robe de toile
S'allongent sur ses pieds gercés par les hivers ;
Sa main tient un falot, qui luit comme une étoile
Errante sur les monts peuplés de sapins verts.

Elle brave dangers, embûches, maléfices ;
Pour aller secourir les voyageurs mourants,
Elle gravit les pics, franchit les précipices,
Vogue sur un glaçon à travers les torrents.

Les éternels frimas, les neiges éternelles,
Ne font point frissonner ses membres délicats.
Les anges à ses pieds ont attaché leurs ailes :
Elle court, elle vole ! elle ne marche pas.

Quand la rafale siffle aux roches entr'ouvertes,
Surplombant les ravins de glaces tout chargés,
Que les pins hérissés dardent leurs flèches vertes,
Grésilla, rayonnante, affronte les dangers.

Mais ce grand dévoûment, de qui donc le tient-elle?
Des hommes ou de Dieu? De Dieu, rien que de Dieu !...
Et ces chiens plus qu'humains qui courent pleins de zèle
Lorsque la terre est blanche et que le ciel est bleu,

De qui donc tiennent-ils cet instinct, ce courage
Et ce flair délicat qui devine le lieu
Où l'homme, harassé d'un pénible voyage,
Se meurt de faim, de froid ?... De Dieu, rien que de Dieu !...

O bonne Grésilla ! sois heureuse et bénie,
Toi de qui le cœur s'ouvre à toutes les pitiés !
Patience, ta tàche un jour sera finie,
Et tes trois compagnons te lècheront les pieds.

Une plainte se fait entendre
Là—bas, dans le sentier marqué du pas des faons;
Vierge, hâte-toi de descendre,
C'est une pauvre mère avec ses deux enfants.

Elle a marché par la froidure,
Pendant tout un long jour, ses jumeaux dans les bras;
Pour le pauvre la vie est dure;
De fatigue épuisée, elle gémit là-bas.

Ils sont tous les trois dans la neige,
S'enlaçant pour mourir dans un linceul glacé.
Entends, la bise les assiége!...
Demain sur ces trois fronts la mort aura passé.

Entends, le grésil tourbillonne;
Le hibou, dans les pins, jette un chant enroué;
La mère, qui pleure et frissonne,
Abrite ses enfants sous son châle troué;

Elle a défait sa chevelure,
Afin de les garer des souffles inhumains:
O douleur de mère! ô torture!
Leur tête est dans ses bras et leurs pieds dans ses mains.

Elle chauffe de son haleine
Leur visage couvert de pleurs et violet;

Le frisson court de veine en veine,
Leurs lèvres ont tari la source de son lait!...

Hâte-toi, Grésilla, fais luire ta lumière
Sur ces trois fronts pâlis que la mort va couvrir.
Les pleurs vont se glacer sous leur froide paupière,
    O vierge ! viens les secourir !...

Et Grésilla descend du vieux sommet rapide ;
Son falot étoilé darde ses rayons d'or
Sur la neige et les chiens... Vers le couple livide
    Tout se hâte : il respire encor!...

    Le ciel entendit ta prière,
    Lève-toi, tes fils dans les bras ;
    La vierge sèche ta paupière,
    Mère, demain tu souriras !

***

Le froid janvier redouble ses murmures ;
Un bûcheron, chargé de trois fagots
Qu'il a taillés dans de maigres ramures,
Marche, frileux, en traînant ses sabots.

    Sa chaumière est si loin encore ;
    Il chemine, quoique bien las,
    Faisant craquer son pas sonore,
    Cramponnant ses clous au verglas.

La nuit, au bas de la montagne altière,
Traîne son ombre, où brille l'œil des loups ;
Frappe, vieillard, tes sabots sur la pierre,
Fais qu'un éclair jaillisse de leurs clous.

En hâte le vieillard chemine,
Il voit luire les yeux ardents
Des lynx sur ce tapis d'hermine
Où sont marqués leurs pas prudents.

Le dos en cercle il redouble sa marche ;
Malgré le froid, il est tout en sueur :
Des bûcherons du lieu le patriarche
Semble un moment rajeuni par la peur.

Les sentiers sont couverts de glace ;
Pas de pierres, pas de cailloux.
Les monstres ont flairé sa trace...
Le vieillard tombe en proie aux loups !

Que va-t-il se passer ?... hélas ! quel drame étrange
Se dénoûra dans ce chemin ?
Mon Dieu ! faites descendre un ange !
Non, Grésilla paraît, son étoile à la main.

A l'aspect de cette lumière
Le vorace troupeau s'enfuit,
Se disperse dans la clairière
Où la feuille sèche bruit.

O vous tous qui passez par ces routes neigeuses,
Pèlerins, mendiants, voyageurs, voyageuses,
Si vous croyez en Dieu, ne craignez rien, marchez :
Soit de jour, soit de nuit, si votre pas s'attarde,
Priez, ne craignez rien, Grésilla vous regarde !
Des dangers les plus grands vous serez arrachés.

## DOUCE IGNORANCE ·

— Petite sœur, petit frère n'est plus :
Prions pour lui quand sonne l'*Angelus*.

Hier matin, l'homme du cimetière
Entre chez nous, vêtu d'un habit noir ;
Et puis il prend une petite bière
Sous son grand bras, qui faisait peur à voir !
C'est là dedans qu'est notre petit frère ;
On l'a porté là-bas, sous le gazon :
Il aura froid dans la dure saison,
Ainsi couché dans un berceau de terre !

— Petite sœur, petit frère n'est plus :
Prions pour lui quand sonne l'*Angelus*.

Sous le gazon sa voix est étouffée ;
S'il crie, ah ! dis, ma sœur, qui l'entendra ?
Peut-être un ange ou quelque blanche fée,
En voltigeant, près de lui descendra.

Pour l'endormir, cette fée aux doigts roses
Appellera le rossignol des bois,
Pour qu'il lui dise, avec sa douce voix,
Ce que le vent chante en berçant les roses.

— Petite sœur, petit frère n'est plus :
Prions pour lui quand sonne l'*Angelus*.

Et s'il a soif, qui mettra sur sa lèvre
Le lait doré par les gouttes de miel?
Une mésange, aux branches de genièvre,
Prendra de l'eau que Dieu jette du ciel;
Dans une fleur, n'est-ce pas, la mésange
Mettra cette eau comme dans un bijou,
Puis étendra son aile sous son cou,
Afin que l'eau ne mouille pas son lange!

— Petite sœur, petit frère n'est plus :
Prions pour lui quand sonne l'*Angelus.*

Dis-moi, ma sœur, j'ai peur qu'il ne s'effraye
Si son oreille entend, pendant la nuit,
Ce grand oiseau que l'on nomme l'orfraie,
Et qui, dit-on, ne chante qu'à minuit.
Le loup va-t-il autour du cimetière,
Et pourrait-il, ma sœur, entrer dedans?
Ah! s'il allait, avec ses grandes dents,
Mordre le bras de notre petit frère!

— Petite sœur, petit frère n'est plus :
Prions pour lui quand sonne l'*Angelus*.

Maman nous dit que le ciel le protége,
Que pour jamais il est exempt d'ennui;
Alors le ciel défendra que la neige,
Pendant l'hiver, ne s'amasse sur lui?
Maman nous dit que nous irons dimanche
Semer des fleurs sur sa petite croix;
Pour qu'il sourie en nous voyant tous trois,
Nous lui mettrons sa belle robe blanche.

— Petite sœur, petit frère n'est plus :
Prions pour lui quand sonne l'*Angelus*.

# LA VIERGE AUX FUSEAUX

Debout, à sa gauche repose
Sa quenouille de fin roseau;
On voit tourner, sous son doigt rose,
L'ivoire blanc de son fuseau.

Les oiseaux viennent à la file
Becqueter son chanvre et son lin:
Voyez, c'est Ginévra qui file
Pour la veuve et pour l'orphelin.

Au seuil d'un vieux donjon que la mousse enveloppe,
Où frappent le matin les feux de l'orient,
Comme la chaste Pénélope,
Ginévra file en souriant.

On voit, aux murs cassés qui se dressent près d'elle,
Grimper de frais volubilis,
Et plus haut, s'arrondir le nid de l'hirondelle,
A l'angle des machicoulis.

La giroflée, au front de ce géant de pierre,
Plante et laisse flotter ses panaches dorés,
    Et dans les trous garnis de lierre
    Les moineaux jaseurs sont fourrés.

Ruiné par le temps, le féodal squelette,
    Dans les fentes de son perron
Laisse, au soleil levant, fleurir la violette,
    Le bouton d'or, le liseron.

C'est là que chaque jour, sur une marche grise,
    Vient s'asseoir la Vierge aux Fuseaux :
Parmi ces fleurs des champs, c'est une fleur assise
    Qui réjouit tous les oiseaux !

Son teint a la fraîcheur d'une fraîche églantine,
    Ses dents ont la blancheur du lait,
Son sourire est divin, sa voix est argentine
    Comme celle d'un roitelet.

L'amour fait de ses yeux, bleus comme la pervenche,
Clairs comme le cristal, deux célestes miroirs
    D'où plus d'une larme s'épanche
    Au travers de ses longs cils noirs.

Quand ses larmes, tombant de sa paupière d'ange,
S'égouttent sur sa main et pleuvent sur le sol,
    On voit venir une mésange
    Qui les boit et reprend son vol.

Elle a deux fuseaux : l'un de buis, l'autre d'ivoire ;
    Celui de buis, garni d'argent,
Allonge le gros chanvre et tord la laine noire,
    Pour garer du froid l'indigent.

L'ivoire, garni d'or, file avec nonchalance
La toison des agneaux, le lin le plus soyeux,
    Afin de parer l'opulence
    De tissus fins et précieux.

Quand son fuseau de buis de gros chanvre s'enroule,
La blonde Ginévra soupire tristement ;
    C'est alors qu'une larme coule
    De ses yeux comme un diamant.

Quand elle fait tourner son beau fuseau d'ivoire,
    Qui valse et danse à petit bruit,
Des bonheurs inéclos lui viennent en mémoire,
    Et sa lèvre s'épanouit.

    Debout, à sa gauche repose
    Sa quenouille de fin roseau ;
    On voit tourner, sous son doigt rose,
    L'ivoire blanc de son fuseau.

    Les oiseaux viennent à la file
    Becqueter son chanvre et son lin ;
    Voyez, c'est Ginévra qui file
    Pour la veuve et pour l'orphelin.

## CHANSON DE GINÉVRA

### LE FUSEAU DE BUIS

Sous mes doigts tourne, tourne vite,
O mon fuseau de buis !
Au soleil, vers qui tout gravite,
Tourne aux pâles rayons des nuits ;
Tourne vite,
O mon fuseau de buis !

Le vent du nord fait des gerçures
Aux doigts calleux des pauvres gens ;
Il siffle au travers des fissures
De l'huis mal clos des indigents.
Pour conjurer la froide haleine
Qui mord les mangeurs de pain bis,
Il faut filer la chaude laine
Que Dieu fait pousser aux brebis.

Puis il faut de la toile fraîche
Pour tous les hommes de labour.
L'été, les bœufs quittent la crèche
Aussitôt que paraît le jour ;
Au feu que le soleil tamise,
Les laboureurs sont tout en eau,
Le travail mouille leur chemise :
Tourne bien vite, mon fuseau !

Dans ce monde il est des misères,
Des souffrances qu'on ne voit pas ;
C'est qu'il est de ces âmes fières
Qui se cachent et pleurent bas !...
L'hiver blanchira les toitures
Des mansardes et des greniers ;
Il faut filer des couvertures
Aux malheureux, aux prisonniers !

Il est aussi de petits anges,
Pauvres bannis du paradis,
Que la misère met sans langes
Et sans feu dans de froids taudis !
Pour filer une blanche couche,
Tourne bien vite, mon fuseau,
Afin que leur mère les couche
Sans mouiller de pleurs leur berceau !

Il est plus d'une créature
Partant sans avoir même un drap
Qui lui serve de sépulture.
— Pour l'homme utile on est ingrat ;
Mort de fatigue ou de vieillesse,
Vers la fosse il arrive seul...
Pour ce vieillard que l'on délaisse,
D'avance filons un linceul !...

Sous mes doigts tourne, tourne vite,
O mon fuseau de buis !
Au soleil, vers qui tout gravite,
Tourne aux pâles rayons des nuits ;
Tourne vite,
O mon fuseau de buis !


LE FUSEAU D'IVOIRE


Allons, tourne en cadence, ô mon fuseau d'ivoire !
Tourne toujours blanc et vermeil,
Comme une jeune fille en sa robe de moire
Qui valserait sous le soleil.


Çà ! pour les riches demoiselles
Il faut tordre les fils ténus,
Qui vont se changer en dentelles
Pour parer des fronts ingénus.
Il leur faut de fraîches guipures,
Et des collerettes à jour,
Dont la maille, les découpures,
Font une résille à l'amour !


Voyez combien elles sont belles,
Ces filles aux petits souliers,
Avec leur soie et leurs dentelles,
Courant à travers les halliers !

Le bonheur les met en extase,
Elles ignorent les haillons!
Dans leurs cheveux, rubans et gaze
Brillent comme des papillons.

Elles ont tout, l'amour, la joie,
Baisers d'amis, baisers de sœurs!
De la vie où l'esprit flamboie,
Elles ont toutes les douceurs.
Oh! ces filles sont bien heureuses!
Leurs pieds effleurent les gazons,
Sur leurs chevelures soyeuses
Le soleil répand ses rayons.

Allons, tourne en cadence, ô mon fuseau d'ivoire!
Tourne toujours blanc et vermeil,
Comme une jeune fille en sa robe de moire
Qui valserait sous le soleil.

## L'ENFANT AUX PERLES

Une petite fille à la mine rosée,
  Riche et fière de ses huit ans,
Courait, blonde chevrette, un matin de printemps,
Parmi les genêts d'or tout perlés de rosée.
Avant l'aube, on eût dit que les astres cléments
    Avaient tamisé sur la terre
      Une fine poussière
        De diamants.

Les rossignols chantaient, les pinsons et les merles
Saluaient le soleil de leur chant familier.
L'enfant n'écoutait point, ne voyait que les perles,
Et s'écriait : « Je vais m'en faire un beau collier ! »
La voilà qui saisit prestement son aiguille,
La plante avec bonheur dans cette onde qui brille
Arrondie en globule aux branches du genêt.
Mais, hélas ! sous les doigts de la petite fille
Chaque perle irisée en glissant disparaît.

Dans cette blonde enfant je vois notre jeunesse
Ardente à désirer, se fatiguant sans cesse

Pour atteindre des papillons ;

C'est l'espérance chasseresse

Qui poursuit des illusions !

Et dans ces gouttes d'eau qui brillent sur la rose,

Sur un brin d'herbe ou les genêts en fleur,

Je vois l'image du bonheur,

Qui glisse et disparaît, dès que le doigt s'y pose

## LE VIEUX LABEUR

Ses cheveux drus, sa longue barbe grise,
L'été, l'hiver, sont perlés de sueur;
En travaillant il mouille sa chemise,
Et va bras nus, le vieux père Labeur.
    Son échine porte le monde !
    Atlas au tablier de cuir,
    De sa sueur il le féconde,
    Et sous le ciel le fait fleurir.

Il est partout, dans les champs, dans la rue,
Cet homme au cou nerveux, aux reins carrés !
Il prend la bêche et conduit la charrue,
Marche en sabots, en lourds souliers ferrés.
Son front hâlé brave soleil et brume,
Son bras d'Hercule, armé d'un aiguillon,
Pique ses bœufs aux naseaux blancs d'écume,
Qui lentement creusent un long sillon.

A l'horizon, quand s'allume l'aurore,
Sa forge flambe et pétille à ses yeux;
Son marteau bat sur l'enclume sonore
Et tord le fer en cercles, en essieux.

On dit qu'un jour sa main large et puissante
Prendra fusils, canons, casques épais,
Et les fondra dans sa fournaise ardente,
Pour en bâtir le temple de la Paix.


Quand son levier, ses pinces, ses tenailles
Mordent les flancs d'un château crénelé,
D'un coup d'épaule il abat ces murailles,
Où tant de sang et de pleurs ont coulé!
D'un tour de bras il redresse une rue,
En toits égaux change ses vieux pignons;
Il fait pousser, quand il plante sa grue,
Maisons, palais, comme des champignons!


Si pour barrer ses rails, son char véloce,
Quelque vieux mont se campe roide et fier,
D'un coup de pioche il perce le colosse
Et fait passer son noir coursier de fer!
S'il se présente un val, une rivière,
Un pont enjambe et le fleuve et le val,
Et l'arche immense, ou de fonte ou de pierre,
Courbe le dos sous les pieds du cheval.


Il scie, il coupe et rabote les planches,
Taille les mâts dans le chêne géant,
Tisse la toile et coud les voiles blanches
Qui font glisser l'esquif sur l'Océan.

Il forge, lime et polit ces machines,
Nouveaux Titans dont l'âme est la vapeur.
Il a créé pour toutes les usines
Des travailleurs de fer, le vieux Labeur !


Ses doigts calleux font courir la navette :
L'or et la soie agencent leurs couleurs.
En chantonnant, assis sur sa banquette,
Sans y penser il fait naître des fleurs
D'or et d'azur, de fraîches primeroses,
Des colibris, de soyeux papillons,
Sur les tissus oranges, bleus ou roses,
Dont l'éclat brille aux lustres des salons.


Enfin il sculpte et bijoux et camées,
Pour vous parer, femmes au doux profil,
Belles autant que des fleurs animées
Qui valseraient sous un rayon d'avril !
Il taille tout, diamants et sandastres,
Perles de verre, émeraudes, saphirs,
Puis on les voit luire comme des astres,
Dans vos cheveux que baisent les zéphyrs.


Dans son travail il est calme et sublime,
Le vieux Labeur, ce fils aîné de Dieu !
Tant qu'il tiendra la charrue et la lime,
Ce globe obscur vivra sous l'œil de feu ;

Mais si sa main, créatrice éternelle,
Lâchait l'outil de fatigue ou d'ennui,
La mort viendrait couvrir de sa grande aile
Ce monde errant dans l'éternelle nuit !

Ses cheveux drus, sa longue barbe grise,
L'été, l'hiver, sont perlés de sueur.
En travaillant il mouille sa chemise,
Et va bras nus, le vieux père Labeur.
    Son échine porte le monde !
    Atlas au tablier de cuir,
    De sa sueur il le féconde,
    Et sous le ciel le fait fleurir.

## VI

# LA VIERGE AU SABOT DE NOEL

## I

Enfants, Dieu va clore l'année
Et la rappeler dans le ciel;
Demain, sous votre cheminée,
Cherchez le sabot de Noël.

— « Avec sa voix harmonieuse,
Qui nous dit ce refrain joli? »
Vous savez bien, enfance heureuse,
Que c'est la vierge Noëli.

C'est elle qui vient près de l'àtre,
Le soir, pendant que vous dormez,
Préparer de sa main d'albâtre,
Pour vous des bonbons parfumés.

Endormez-vous dans votre couche
Aux rideaux blancs garnis de bleu,
Enfants, pourvu que votre bouche
Se ferme en priant le bon Dieu.

Si vous faites votre prière,
Prière pour les malheureux,
Un ange sur votre paupière
Glissera son duvet soyeux.

C'est l'ange ennemi du mensonge,
C'est le messager Ariel,
Qui vous dira dans un doux songe :
« Voici la vierge de Noël. »

La voyez-vous blanche et parée
De l'arc-en-ciel aux sept couleurs ?
Elle descend de l'empirée,
La main toute pleine de fleurs.

Oui, c'est la chaste sœur des anges
Qui pend aux rameaux d'un buis vert
Des pommes roses, des oranges,
Ce qui fait oublier l'hiver.

Elle arrive mystérieuse,
Pendant la nuit, à petits pas ;
Enfants, dormez : elle est heureuse ;
Enfants, ne vous réveillez pas.

Laissez-la faire son ouvrage ;
Ses pieds mignons marchent sans bruit.
Ses mains, qu'anime le courage,
Travailleront toute la nuit.

Noëli, votre souveraine,
Sculpte, à l'heure où l'enfant s'endort,
Un sabot dans du bois de frêne,
Avec son petit couteau d'or.

Elle taille, retaille et creuse
Ce bois, noirci par les charbons ;
Pour rendre votre âme joyeuse,
Sa main l'emplira de bonbons.

Dormez, enfants, dans votre couche,
Jusqu'à demain, jusqu'au réveil ;
Votre mère, sur votre bouche,
Mettra le sourire vermeil.

Enfants, Dieu va clore l'année
Et la rappeler dans le ciel ;
Demain, sous votre cheminée,
Cherchez le sabot de Noël.

## II

Jésus naquit dans une étable
Voilà plus de dix-huit cents ans !
Noël est la fête immuable
Des pauvres et des artisans.

Tours de granit, clochers rustiques
Jettent au ciel leur carillon ;
L'église chante des cantiques,
Les greniers font le réveillon.

On illumine la chapelle,
Les cierges ont des rayons d'or ;
Chaque auréole nous rappelle
La tête de Jésus qui dort.

Oui, c'est dans une crèche immonde,
Entre l'âne et le bœuf cornu,
Qu'on voit le Rédempteur du monde
Sur la paille, frileux et nu.

Mais l'étoile a guidé les mages ;
Chacun déjà s'est prosterné
En offrant de riches hommages
A l'Enfant-Dieu tout nouveau-né.

Des pauvres il est le symbole ;
Jésus aime la pauvreté.
Heureux qui de son auréole
Prend un rayon de charité !

Avec ce rayon de lumière,
Celui-là peut sécher des pleurs ;
De la mansarde et la chaumière
Dieu compte toutes les douleurs.

Alléger la moindre souffrance,
Verser des paroles de miel,
Chasser du cœur l'indifférence,
C'est prendre le chemin du ciel.

Enfants, dans le siècle où nous sommes,
Haine, égoïsme ont tout proscrit!
Enfants, quand vous serez des hommes,
Souvenez-vous de Jésus-Christ!

Bientôt Dieu va clore l'année
Et la rappeler dans le ciel;
Demain, sous votre cheminée,
Cherchez le sabot de Noël.

## VII

## LE JOUEUR D'ORGUE

Il s'en vient du pays où les sapins sauvages,
Tuyaux d'orgue des monts où soufflent les orages,
Semblent pousser au ciel de lamentables cris.
De village en village, il arrive à Paris,
Tenant un écureuil ou bien un singe en laisse ;
Clopin-clopant, il marche à pas comptés, et laisse,
Ainsi que sur la neige on voit le pas des loups,
Tout le long du chemin l'empreinte de ses clous,
Des caboches de fer... Qu'il pleuve, grêle ou vente,
Ou que le soleil brûle, oh ! rien ne l'épouvante !
Genouillère de cuir et veste de velours,
Son orgue sur les reins, il chemine toujours.
Inclinant sous le faix de ce buffet magique
Où s'enferme une voix tantôt douce, énergique,
Pleureuse ou sautillante, une multiple voix
Qui semble réveiller tous nos sens à la fois ;
Il entre dans les cours aux miasmes délétères
Pour quêter du regard le sou des prolétaires.
Le baudrier qui tient son coffre de tuyaux,
En lui râpant l'épaule a fait ployer son dos ;

Mais qu'importe ! sa main vire la manivelle,
Et le soufflet, gonflé sans effort, nous révèle
Qu'il peut, large poumon, jeter assez de bruits
Pour nous faire oublier un instant nos ennuis.
Oh ! ne le traitons pas comme un être inutile,
Cet homme qui s'en va par le bourg, par la ville,
En traînant ou portant son pesant attirail :
Le joueur d'orgue aussi fait sa part de travail !...
Il ne faut pas railler l'orgue de Barbarie :
Moi, je l'aime ! il m'apporte un parfum de prairie,
Un parfum de jeunesse, et sa bruyante voix
Me rappelle le vent qui gronde dans les bois ;
Oui, ces bouches de zinc me disent de ces choses
Qui font, en plein hiver, s'épanouir les roses.
Souvenirs du passé, si vite évanouis !
Un vieux air vous ranime à mes yeux éblouis !...
Je me souviens des jours où, dans mon grenier sombre,
Mon vers phosphorescent ne brillait que dans l'ombre ;
Où, pensant à l'oiseau qu'amène le printemps,
Je disais : L'Orient te retient... je t'attends !
Lorsque tu reviendras, les deux ailes ouvertes,
A ma fenêtre, alors les plaines seront vertes,
La neige aura fondu, les bourgeons écloront,
Le soleil, en traits d'or, brillera sur mon front.
Oubliant la mansarde où mon cœur se séquestre,
J'écouterai la voix qui chante en trémolo,
La voix du rossignol, ce divin chef d'orchestre
Qui nous cache sa flûte aux feuilles du bouleau.

Voilà ce qu'un vieux air dit au cœur du poëte :
En parlant à son cœur il anime sa tête ;
Et puis les vers jaseurs, pareils à des ruisseaux,
Chantent sur le papier comme de gais oiseaux.
Certes, l'orgue, pour tous, ne fait pas des merveilles ;
Plus d'un, en l'écoutant, se bouche les oreilles,
Et plus d'un dilettante, entendant écorcher
Les airs de Rossini, ne sait où se cacher.
Mais cette voix barbare a bien sa fantaisie :
J'ai vu plus d'un minois gracieux et lutin,
Pour écouter les chants de l'orgue du matin,
Se mettre, les bras nus, près de sa jalousie,
Et laisser égoutter des pleurs de poésie...
Que disait cette voix à la fille aux bras nus?
Les airs étaient bien vieux, et partant bien connus :
Ils rappelaient sans doute à l'enfant du village
Une danse rustique, à l'ombre du feuillage
Que les grands marronniers jettent sur le chemin ;
Ils rappelaient peut-être un serrement de main,
Des pas silencieux sous la verte feuillée,
Et son âme, en sursaut, alors s'est réveillée ;
Tout son horizon rose a brillé radieux...
Voilà pourquoi des pleurs ont coulé de ses yeux.


Oh! ne le traitons pas comme un être inutile,
Cet homme qui s'en va par le bourg, par la ville,
En traînant ou portant son pesant attirail :
Le joueur d'orgue aussi fait sa part de travail.

3

## LA VIERGE AUX LARMES

Dans nos sentiers humains que le printemps caresse,
Où l'homme encor enfant poursuit des papillons,
Avez-vous rencontré, belle de sa tristesse,
La jeune Éolida, la vierge enchanteresse,
De qui les pieds légers effleurent nos sillons?

Comme on voyait jadis la brune Canéphore,
Portant sur ses cheveux sa corbeille de fleurs,
Courber un bras de neige autour de son amphore
La blanche Éolida, fraîche comme l'Aurore,
Dans une urne d'onyx va recueillir nos pleurs.

Elle marche toujours de l'un à l'autre pôle,
De l'aurore au couchant, sans jamais se lasser;
Pendant la nuit, la lune argente son épaule;
Au travers des buissons, de l'érable ou du saule,
Les étoiles du ciel la regardent passer.

Plus belle qu'Astarté, pieds nus, elle chemine
De l'équateur brûlant au neigeux Labrador;
Chaque fleur devant elle avec amour s'incline;

Le soleil, qui la voit franchir val et colline,
Fait sur ses noirs cheveux pleuvoir des rayons d'or.

Elle parcourt les mers sans conque ni trirème,
Et glisse sur les flots comme le Fils de Dieu.
Pour tous les malheureux sa tendresse est extrême :
Elle a pour tous les maux un dictame suprême,
Et fait rayonner l'âme au moment de l'adieu.

Prompte comme l'éclair, elle arrive à toute heure
Dans les lieux attristés par des cris douloureux :
Que ce soit un palais, une pauvre demeure,
Qu'importe ! Éolida, de tout être qui pleure
Met les pleurs dans son urne, et les emporte aux cieux.

Sa voix a la douceur d'une flûte divine,
Quand il faut consoler la veuve et l'orphelin.
Elle amène l'espoir au sein de la chaumine,
Et sa forme céleste aisément se devine
Sous les plis ondoyants de sa robe de lin.

A tous les parias que le monde abandonne,
A tous les prisonniers las de s'exaspérer,
Elle dit quelques mots de sa voix qui pardonne,
Et fait tomber sur eux les fleurs de sa couronne,
Dont le parfum console en faisant espérer.

Dans les mornes greniers, où l'hiver impassible
Dessine, en grelottant, sur les vitres des fleurs,

Où la chair se bleuit à son souffle insensible,
La vierge aux larmes prend de sa main invisible
Les perles de glaçons qui la veille étaient pleurs.

Puis, suspendant enfin sa course vagabonde,
Dirigeant vers les cieux son vol démesuré,
Elle s'arrête aux pieds du Créateur du monde
Et dit, en répandant son amphore profonde :
L'urne est pleine, Seigneur : ont-ils assez pleuré ?

## JANVIER

Bâton en main, barbe de glace,
    Voici le vieux Janvier
Cheminant avec sa besace,
    Suivi d'un loup cervier;
Il va, parcourant les campagnes,
    Boire tous nos ruisseaux!
De neige il couvre nos montagnes
    Et fait peur aux oiseaux!

Apporte un fagot, Marguerite;
Casse du bois, fais un bon feu!
    O mon Dieu!
Bienheureux celui qui s'abrite
Quand, l'hiver, le ciel est si bleu!

Déjà le givre met des franges
    D'argent à nos volets;
La fouine déserte les granges
    Et saigne nos poulets.
Là-haut, la grande étoile brille,
    L'étoile de l'hiver!
Dans l'âtre le bois vert pétille
    Et fait un grand feu clair.

Mais donne un fagot, Marguerite ;
Casse du bois, fais un bon feu !
    O mon Dieu !
Bienheureux celui qui s'abrite
Quand, l'hiver, le ciel est si bleu !

Hélas ! quand des glaces polaires
    Descend le vieux Janvier,
Ses yeux mornes ont des colères
    Qui font peur au bouvier !
On ne voit plus de feuilles mortes ;
    Le vent siffle aux buissons,
Et se glisse à travers les portes
    De nos vieilles maisons !

Mais donne un fagot, Marguerite ;
Casse du bois, fais un bon feu !
    O mon Dieu !
Bienheureux celui qui s'abrite
Quand, l'hiver, le ciel est si bleu !

Des filles, avec des serpettes,
    S'en vont, fronts chevelus,
Dans les bois, couper des branchettes
    Qui ne fleuriront plus.
Pour réchauffer mainte famille
    Que bleuirait le froid,
La forêt veut que le feu brille,
    Le soir, sous le vieux toit.

Mais donne un fagot, Marguerite ;
Casse du bois, fais un bon feu !
  O mon Dieu !
Bienheureux celui qui s'abrite
Quand, l'hiver, le ciel est si bleu !

Les animaux ont leur fourrure,
  Les blés ont les sillons.
Plaignons, au temps de la froidure,
  Les pauvres en haillons.
Janvier, père de la misère !
  L'indigent est sans feu ;
De ses larmes fais un rosaire
  Pour le porter à Dieu !

Mais donne un fagot, Marguerite ;
Casse du bois, fais un bon feu !
  Prions Dieu !
Bienheureux celui qui s'abrite
Quand, l'hiver, le ciel est si bleu !

## LA FEUILLE DE ROSIER

— Enfant, prends cette feuille à la verte enveloppe,
Velue et dentelée : examine-la bien.
Maintenant, qu'y vois-tu ?

       — Père, je n'y vois rien.
— Que ton œil la regarde avec ce microscope...
Y vois-tu quelque chose ?...

       — Oh ! père ! que c'est beau !
  J'y vois tout un monde nouveau !
Des forêts, des gazons, des insectes qui volent ;
Les uns longs et rampants, d'autres qui cabriolent !
Tout bouge, tout remue aux rayons du soleil :
Non, non, mes yeux n'ont rien vu de pareil !...
— Cela te prouve, enfant, qu'il ne faut rien détruire,
Que dans la moindre feuille un monde entier respire.

# LA LOUVE AUX LONGUES DENTS

C'était un soir d'hiver : près de son âtre assise,
Pendant qu'à ses châssis venait souffler la brise,
Une femme ridée et le front chargé d'ans,
Contait cette légende à deux petits enfants
Qui, tous les deux assis sur l'escabelle en planches,
En chauffant au foyer leurs petites mains blanches,
Tournaient de grands yeux bleus, exempts d'un noir souci,
Sur l'aïeule conteuse et qui parlait ainsi :

Enfants, si vous voyez, lorsque la nuit est sombre,
Comme deux diamants étinceler dans l'ombre,
De la louve au poil roux les deux grands yeux ardents,
Fuyez, enfants, fuyez la louve aux longues dents !

Elle est là qui se couche
Comme un chien caressant,
Et ressemble à la souche
Que l'on heurte en passant;
Mais son cœur est de pierre,
Sa dent est meurtrière,
Et sa rouge paupière
Est un cercle de sang !

Si, quittant la mamelle
Et les fleurs du gazon,
Un jeune agneau qui bêle
Veut aller, sans raison,
Brouter près d'une roche,
La louve alors s'approche,
Et puis sa dent s'accroche
Dans sa blanche toison.

Elle ne fait pas grâce :
Elle a faim, elle mord.
Dans sa gueule vorace,
Les os de l'agneau mort
Craquent comme du verre
Qu'un homme avec colère
Du talon pile à terre
Dans un fougueux transport.

Ayant broyé sa proie
Sous son croc dévorant,
Elle accourt avec joie,
Au bord d'un clair torrent,
Laver, toute sanglante,
Sa mâchoire écumante
Dans l'onde transparente
Qui fuit en murmurant.

Enfants, si vous voyez, lorsque la nuit est sombre,
Comme deux diamants étinceler dans l'ombre,

De la louve au poil roux les deux grands yeux ardents,
Fuyez, enfants, fuyez la louve aux longues dents!


Évitez la maraude
Des pommes et des noix ;
Car toujours elle rôde
A pas lents près des bois ;
Oh! qu'elle ne vous trouve,
Enfants que son œil couve,
Car sa gueule de louve
Éteindrait votre voix !


C'est qu'elle est bien méchante !
Lorsque le gai pinson
La voit venir, s'il chante,
Il suspend sa chanson
Et fuit à tire-d'aile
Pour se cacher, loin d'elle,
Sous la feuille nouvelle
De quelque vert buisson.


Apprenez bien à lire
Et priez le Seigneur ;
Qu'on ne puisse pas dire :
Cet enfant est menteur !
Car la louve animée
Ouvrirait, affamée,

Votre porte fermée, ?
Pour ronger votre cœur.

Le sable de l'ornière,
Qu'a balayé le vent,
Vole dans la tanière
Où la louve, souvent,
Sous cette roche creuse,
Emporte, furieuse,
Dans sa gueule baveuse,
Un jeune enfant vivant.

Et quand, sous les morsures,
L'enfant a bien souffert,
Satan, par ces blessures,
De ses griffes de fer,
Tire son âme grêle,
Comme une sauterelle
Que l'on pince par l'aile,
Et la souffle à l'enfer...

Enfants, si vous voyez, lorsque la nuit est sombre,
Comme deux diamants étinceler dans l'ombre,
De la louve au poil roux les deux grands yeux ardents,
Fuyez, enfants, fuyez la louve aux longues dents !

Après, les deux enfants regagnent leurs couchettes,
Puis sur l'oreiller blanc posent leurs blondes têtes.

Le plus jeune s'endort, s'endort insoucieux ;
Mais l'autre ne dort pas : il voit devant ses yeux
Passer et repasser une affreuse chimère ;
Il fuit hors de son lit, en s'écriant : — Ma mère !...
La *louve aux longues dents* qui s'avance et me mord !
Oh ! viens, ma mère, viens, sauve-moi de la mort !...
Et la mère aussitôt accourt pâle et tremblante
Près du lit de l'enfant.

                — Qu'as-tu ?... qui t'épouvante ?
Réponds-moi, mon chéri ; voyons, ne tremble pas :
N'es-tu pas sur mon sein ? N'es-tu pas dans mes bras ?
— Oh ! la louve me mord !... Ote-moi de ma couche...
— C'est moi qui de baisers, enfant, couvre ta bouche ;
Ne tremble pas ainsi... mon chéri, parle-moi...
Seigneur, pitié ! pitié !... mon enfant devient froid...

Hélas ! pleurs superflus, inutile prière !
L'enfant mourut de peur dans les bras de sa mère.

## XII

## A LAMARTINE

Comme on voit, loin du port, ces grandes hirondelles
En passant effleurer les flots de l'océan,
Toujours l'homme d'élite à son nom met des ailes
Pour le faire planer sur les flots du néant ;
Mais, hélas! trop souvent l'artiste ou le poëte,
Quand il a de la gloire atteint le plus haut faîte,
Que ses pieds dédaigneux ne touchent plus le sol,
Ainsi que l'albatros, oiseau de la tempête,
     Il s'endort dans son vol.

Mais vous, poëte aimé que le Seigneur inspire,
Loin de vous reposer dans des sentiers de fleurs,
Lorsque vous faites taire un instant votre lyre,
C'est que vous écoutez la voix de nos douleurs.
Ah! vous avez compris que la gloire est stérile
Pour celui qui s'en fait un hochet d'or futile
Que le doigt de l'oubli pourra briser demain ;
Que plus un homme est grand et plus il est utile
     Au pauvre genre humain.

Dans ce siècle géant, dont la marche hâtive
Soulève un sable d'or, du pauvre convoité,
Il est bien doux de voir, quand sa locomotive
Ne roule qu'égoïsme et que cupidité,
Un ange bienfaisant, sublime d'indulgence,
Dont les chants sont le pain de notre intelligence,
Abandonner sans bruit son palais éternel
Pour venir émietter au seuil de l'indigence
      Le pain matériel.

Oh ! qui m'eût dit à moi, quand l'hiver, sur la glace,
Je marchais grelottant comme un oiseau frileux ;
Qui m'eût dit, pauvre enfant qui n'eus jamais de place
Sur les bancs où s'assied l'écolier studieux,
Qu'un jour je chanterais avant de savoir lire !...
Qu'en mes mains le Seigneur remettrait une lyre
Pour la faire gronder ou pleurer sous mes doigts,
Et, pour m'encourager, que le chantre d'Elvire
      Accueillerait ma voix !

## XIII

## LA VIERGE AUX RAYONS

Auréolis, la vierge au voile d'or fluide,
Sous ce tissu du ciel cache ses traits divins.
On ne voit que sa robe enflammée et splendide
Courir du haut des monts jusqu'au fond des ravins.

Sous ces plis lumineux la terre se colore,
Le brin d'herbe tressaille et le chêne frémit;
Dans les prés et les bois tout se hâte d'éclore,
Les boutons sur la tige et les œufs dans le nid.

Compagne de la terre, ô toi sa sœur aînée !
Couronne-la toujours et de fruits et de fleurs :
Dans l'espace infini, sous ton œil, elle est née;
C'est toi qui la berças, c'est toi qui bus ses pleurs.

L'homme la croit bien vieille ; elle est à son aurore :
Dieu ne fait pas vieillir ce qui vivra toujours.
Dans le berceau du ciel elle vagit encore,
Et ses seize mille ans ne sont que seize jours !

De ce globe rugueux fais-toi la vie et l'âme,
Pendant que l'univers le tient dans son giron ;
Couve cet œuf divin de ton aile de flamme :
La liberté, l'amour, la paix en surgiront !

Répands-y la chaleur, répands-y la lumière ;
Sème partout la vie, anime le néant !
O vierge, éclaire tout, vallon, montagne altière ;
Que ton rayon pénètre au fond de l'océan !

Ton chaud regard n'excite aucune jalousie ;
Tout ce qui prend son vol, rampe ou marche debout,
Peut en avoir sa part : comme la poésie,
Tu ne dédaignes rien et tu colores tout.

Tu donnes le sourire et tu sèches les larmes,
Les larmes de la fleur, les larmes des enfants.
Dans les grandes forêts, à l'ombre des vieux charmes,
La biche te regarde en allaitant ses faons.

Oiseaux et papillons, mouches et demoiselles
Animent les ruisseaux, les prés et les halliers ;
Les sonores pinsons, en agitant leurs ailes,
Font ruisseler leur voix du haut des peupliers.

Le champ de blé frissonne au vent qui le caresse ;
On entend des concerts dans ses flots onduleux ;
Pour te remercier, ô vierge enchanteresse !
Sous ton grand voile d'or il ouvre ses yeux bleus.

Au versant des coteaux la grappe veloutée,
Orgueilleuse, arrondit ses globules au jour,
Et laissant s'égoutter sa rosée argentée,
Elle boit les rayons qui contiennent l'amour.

Céleste Auréolis! tout vit sous ta lumière,
Tout reluit, aile bleue et corselet changeant,
Les saphirs du lézard rôdant parmi le lierre,
Et des poissons peureux les écailles d'argent.

La vie est dans tes flancs : l'hiver, quand tu te caches,
Tout devient morne et triste, on n'a plus de chansons;
Les nuages au ciel traînent de lourdes taches,
L'arbre est sans vêtement, le pauvre a des frissons.

Mais quand tu reparais, tous les bonheurs éclatent
Dans le palais splendide et le sombre grenier :
Tout s'éveille et sourit, tous les cœurs se dilatent;
Tu rends même la joie au pauvre prisonnier.

Toi qui réjouis tout, toi qui fais tout éclore,
O blonde Auréolis! urne chaste des jours!
O vierge! réponds-moi : quand verrons-nous l'aurore
De la fraternité, que l'homme attend toujours?

## XIV

## LA MÈRE DE FAMILLE

Voyez-la filer sa quenouille
Près de son foyer de sarment;
Jamais son huis ne se verrouille,
Son bahut s'ouvre à tout venant.
Son fuseau tourne, elle fredonne
Les vieux airs qui nous ont bercés;
Par son regard, sa main si bonne,
Tous les enfants sont caressés.

Du temps qu'elle était jeune fille,
Et qu'elle avait un frais minois,
Elle maniait la faucille,
Glanait le blé, coupait du bois.
Le front pur, en blanche cornette,
Elle courait en cotillon,
Et comme une bergeronnette
Sautillait sur chaque sillon.

Or, joignant à sa bonne mine
Des yeux où brillent la douceur,
Larges flancs et large poitrine
Dans laquelle bat un bon cœur,

La voilà mère de famille !
Ses enfants sont beaux, forts, dispos.
Adieu rêves de jeune fille !
Adieu plaisirs, adieu repos !

On aime à voir deux têtes blondes
D'enfants, au sourire vermeil,
Boire à ses mamelles fécondes,
Que bronzent les feux du soleil.
Qu'elle est belle la jeune mère,
Qui sourit et les fait jaser,
Et, le soir, dans les bras du père
Les dépose avec un baiser !

A genoux sur deux pierres grises,
La nuit, au courant du ruisseau,
Elle lave langes, chemises...
— Il faut tenir propre un berceau.
Si c'est l'hiver, la bise passe
Et la fait frissonner un peu ;
Ses doigts gercés cassent la glace ;
Mais son cœur de mère a du feu !...

Riche de sa vaisselle peinte,
On voit reluire son dressoir !
Un piot clairet remplit la pinte
Pour son homme, qui vient le soir.
Sur la table fume la soupe,
Les enfants viennent à l'appel,

Autour la famille se groupe
Et forme un cercle fraternel.

Les fils sont grands, les filles belles,
Sous l'humble chaume on est heureux!
Plus d'ennuis, de douleurs cruelles,
Les enfants sont laborieux.
Mais, las!... vient le deuil des familles,
Adieu vendanges et moissons!
Un jour l'amour lui prend ses filles,
La guerre emporte ses garçons!...

Voyez-la filer sa quenouille
Près de son foyer de sarment;
Son huis jamais ne se verrouille,
Son bahut s'ouvre à tout venant.
Son fuseau tourne, elle fredonne
Les vieux airs qui nous ont bercés.
Par son regard, sa main si bonne,
Tous les enfants sont caressés.

# CE QUE JE VOIS DE MA MANSARDE

Loin de ce monde perfide,
Ame en peine, prends ton essor;
　　Ouvre ta chrysalide
　　Et tends tes ailes d'or !

J'habite une haute mansarde
D'où mon œil voit un pan du ciel,
Là mainte étoile me regarde,
En suivant son cercle éternel.

Souvent je vois de lourds nuages,
Noirs coursiers, bondir dans les airs ;
Leurs naseaux soufflent les orages,
Leurs crinières sont des éclairs ;

Ils traînent le char de la foudre,
Dont on entend craquer l'essieu,
Comme s'ils allaient mettre en poudre
Ce pauvre globe où veille Dieu.

Puis je vois le soleil qui jette
Ses gerbes d'or sur tous les toits ;

J'entends le chant de l'alouette
Et des linots la douce voix.


Quand vient l'hiver, tableau plus triste,
Je songe au toit de l'indigent,
Au toit sans feu du pauvre artiste
Couvert d'astérisques d'argent,


Quand la neige blanchit les cimes
Du vieux Paris, de ses clochers,
Que de méchants et de victimes
Sous ce voile blanc sont cachés !


On dirait un grand lac de fanges
Où le noir démon s'abreuvait,
Sur lequel, en pleurant, les anges
Ont fait neiger leur blanc duvet.


Alors de pleurs mon œil se voile ;
Mon âme, au vol audacieux,
Voyant un monde en chaque étoile,
Se plaît à parcourir les cieux.


Loin de ce monde perfide,
Ame en peine, prends ton essor ;
Ouvre ta chrysalide
Et tends tes ailes d'or !

## LA VIERGE DE LA FONTAINE

Près d'une grotte où pend le lierre,
Ondinette, au front virginal,
Incline son urne de pierre
D'où l'eau jaillit en pur cristal ;

La nuit, le jour, ainsi qu'un Terme,
Elle est debout depuis mille ans !
Elle a vu ce gros chêne en germe
Dans son aïeul chargé de glands.

Sa robe de pariétaire,
De mousse et de lichen rouillé,
Laisse traîner ses plis à terre
Et recouvre son pied mouillé.

Sur sa tête pendent des branches
Portant des fruits délicieux ;
Sa chevelure de pervenches
Se berce au vent capricieux.

Dans son eau claire qui ruisselle
Et baigne les myosotis,

Le pinson boit, trempe son aile,
Et porte à boire à ses petits.

Elle filtre, par les fissures
De la voûte, des hauts sommets :
On peut y laver ses blessures,
Elle n'envenime jamais.

Contre l'autan Dieu la protége,
Et de son flot providentiel
Chaque goutte est un peu de neige,
Astérisque tombé du ciel.

De cette vierge de la terre
La source jamais ne tarit ;
A tous ceux qu'elle désaltère,
Ondinette toujours sourit.

Elle chante et babille
Comme un petit oiseau,
Comme une jeune fille
Qui tourne son fuseau.

Dans les airs, dans la mousse,
Dans l'arbre qui grandit,
Écoutez sa voix douce ;
Sa voix douce vous dit :

Cavalier couvert de poussière,
Ton coursier a le galop prompt ;
Son naseau fume à la lumière
Du soleil qui mouille ton front.
Abandonne un moment la plaine,
Viens me trouver au fond du val ;
Dans l'eau de ma claire fontaine,
Ami, fais boire ton cheval.

Moissonneur, la sueur t'inonde ;
Ta faux, où brille le soleil,
Coupe le blé pour tout le monde :
Viens goûter un peu de sommeil.
Ma grotte ombreuse est odorante,
Elle a des fleurs et des chansons :
Bois à ma source transparente,
Qui ne donne pas de frissons.

Quand vous courez parmi les seigles,
Hardis chasseurs de papillons,
Vous avez soif, joyeux espiègles ;
Venez boire par bataillons
Et goûter l'ombre de mes feuilles ;
Mais gardez-vous bien, étourdis,
De toucher à mes chèvrefeuilles,
Qui font des stores à mes nids.

Mendiante, le jour s'efface ;
Déjà le ciel va s'étoiler :
Trempe le pain de ta besace
Dans cette eau que tu vois couler.
Pèlerin à la marche lourde,
Viens, ton grand bâton à la main ;
Dans mon onde remplis ta gourde,
Et prie en suivant ton chemin.


Étalon, cavale docile,
Génisse et frémissant taureau,
Brebis laineuse, agneau débile,
Chèvre qui broutes le sureau,
Il vous faut rentrer à l'étable
Au bruit de la cloche du soir ;
Je suis la coupe délectable,
Inclinez-vous à l'abreuvoir.


Ainsi babille, ainsi caquette,
Avec ses fleurs et ses oiseaux,
        Ondinette,
        Blondinette,
La vierge immortelle des eaux.

## XVII

## LES HIRONDELLES D'HIVER

Déjà le vent du nord fait frissonner les chaumes :
Adieu ! prés constellés, atmosphères d'aromes !
    Adieu ! pelouse et gazon vert !
    Hélas ! ce souffle nous apporte
    Le froid que la misère escorte
    Et les hirondelles d'hiver !

Voyez-les, désertant les monts de la Savoie,
Venir dans nos cités avec des cris de joie,
    Ramasser des miettes de pain.
    Elles viennent : leur voix aiguë
    Va retentir dans chaque rue
    Avec la cloche du matin.

Pauvres oiseaux frileux et tout poudrés de suie,
On les voit braver tout, la faim, le froid, la pluie,
    Les rigueurs d'un ciel inclément ;
    Par de brumeuses matinées,
    Au faîte de nos cheminées,
    On les entend chanter gaîment.

Leur chant mélancolique annonce bien des choses :
Il annonce la fin des beaux jours et des roses,
    La fin des chansons dans les bois,
    Où l'âme de parfums s'enivre,
    Et les stalactites de givre
    Qui scintillent au bord des toits.


Il annonce à l'enfant qui naît du prolétaire
Une layette usée aux mains de la misère,
    Qu'une femme baigne de pleurs ;
    Il prédit à la fantaisie
    Des nuits pleines de poésie...
    Aux pauvres toutes les douleurs !...


Ainsi vous annoncez les chagrins et la joie,
Pauvres petits enfants venus de la Savoie,
    Qu'on nomme hirondelles d'hiver ;
    Puis vous ramassez à la ronde
    Des miettes au banquet du monde,
    Où nul n'a mis votre couvert.


Oiseaux noirs qui venez de la blanche colline,
Vous arrivez chez nous quand le soleil décline,
    Quand ses rayons sont inconstants ;
    Puis vous regagnez vos montagnes
    Quand reviennent dans nos campagnes
    Les hirondelles du printemps.

## XVIII

## VOUS FERIEZ PLEURER LE BON DIEU

Quand d'herbes la plaine est couverte,
Si vous voyez sur les ruisseaux
Voler la demoiselle verte
Qui se perche au bout des roseaux,
Laissez la créature frêle
Se balancer dans l'air en feu ;
Enfants, si vous cassiez son aile,
Vous feriez pleurer le bon Dieu !

Laissez le moucheron qui vole
Sur un rayon coupé d'azur ;
Laissez aussi la mouche folle
Bourdonner autour d'un vieux mur ;
N'écrasez pas cette chenille
Qui deviendra papillon bleu ;
Ne dépeuplez pas la charmille,
Vous feriez pleurer le bon Dieu !

Aux fentes des sombres murailles
Lorsque vous verrez, par hasard,

Briller au soleil les écailles
Frissonnantes d'un vert lézard,
De tuer cet animal qui rôde,
Oh! ne vous faites pas un jeu!
Ne brisez pas cette émeraude,
Vous feriez pleurer le bon Dieu!

Ne troublez pas les nids de mousse
Qui sont cachés dans les buissons;
Cette fauvette à la voix douce
Couve de joyeuses chansons.
A cette famille qu'elle aime,
Qu'elle ne dise pas adieu;
N'étouffez pas ce doux poëme,
Vous feriez pleurer le bon Dieu!

## XIX

## LE MARCHAND D'ALLUMETTES

Vous l'avez vu souvent, mais sans y prendre garde :
C'est un gueux, un débris des marins de la garde
Au visage bruni par un soleil d'airain.
Il sortit mutilé des feux de Navarin :
Éclat d'obus au front, coup de hache à l'épaule,
En nageant d'une main il regagna le môle ;
Après avoir lavé son sang qui ruisselait,
La vague le jeta mourant sur le galet.
Mais il était de fer, ce marin intrépide !
La mort, sans l'emporter, sur lui glissa rapide.
Ce vieillard balafré, cassé, boiteux, usé,
Qui chemine en haillons, de fatigue épuisé,
A vu les pics de neige et les montagnes bleues ;
Sur le bassin des mers il a fait bien des lieues,
Voyagé bien longtemps du pôle à l'équateur,
De l'équateur au pôle, en vrai navigateur.
Des nœuds qu'il a filés sur les vagues profondes
On pourrait par trois fois enceindre les deux mondes ;
Il a vu le pays des pâles Esquimaux,
Les rennes attelés aux rapides traîneaux,

Qui, plus prompts que le vent, bondissent sur la neige;
Des retraites du phoque il fit souvent le siége;
D'un pied ferré grimpant de glacier en glacier,
Il a plus d'une fois, sous sa hache d'acier,
De l'ours au poil neigeux fait sauter les dents blanches,
Près d'un arc de glaçons fait par les avalanches.
Il a vu les pays où la terre est de feu,
Où le soleil se baigne en un ciel toujours bleu;
Il a dormi souvent au pied d'un passiflore
Au concert des oiseaux, bande multicolore
Qui, pareille à des traits de rubis, de saphir,
S'éparpille amoureuse au souffle du zéphir;
Il s'est assis vainqueur sur le front solitaire
Du pic Chimborazo, le plus haut de la terre,
Où les condors, prenant leur vol audacieux,
N'atteignaient pas ses pieds en planant dans les cieux;
Il a vu le grand fleuve aux innombrables îles,
Où lamentent le soir d'énormes crocodiles.
Voilà ce qu'il a vu. Voici ce qu'il a fait :
Cet homme qui n'a pas de pain dans son buffet,
D'abord il a garé son brick de trois naufrages,
Il a fait sur la mer quatorze sauvetages,
Et douze sur la Seine; enfin il a servi
Son pays bravement. La misère sévit
Cependant sur cet homme et l'étrangle à toute heure,
Et pourtant il n'a pas une âme inférieure;
Il porte sur son corps vingt blessures au moins,
Qui sont de sa valeur les glorieux témoins.

Alors pourquoi, mon Dieu ! cette misère affreuse,
Cette vieillesse aride, affamée et frileuse ?
C'est qu'il avait un fils, un brave travailleur,
Un carrier courageux, tête chaude et bon cœur,
Aussi doux qu'un mouton et n'étant point ivrogne,
Ayant toujours des bras de fer à la besogne,
Mettant dans l'avenir et Dieu tout son espoir.
Il partit un matin... ne revint pas le soir !...
Le roc avait broyé ses membres athlétiques.
Alors le vieux marchand d'allumettes chimiques
Emporta dans ses bras les petits de François,
Les enfants de son fils, hélas ! ils étaient trois !
Pour contenter ces dents, à mordre toujours prêtes,
Il faudra quadrupler les ventes d'allumettes.
La mère est morte aussi ! Le plus haut des marmots
Est grand comme une chaise, ayant mis ses sabots.
Cela mange beaucoup et ne fait rien encore.
Voilà pourquoi le vieux, quand se lève l'aurore,
S'en va, dans chaque rue, offrir à tout passant
L'allumette où flamboie un feu phosphorescent.
Achetez-lui, messieurs, ce qu'il cherche à vous vendre,
Ce pauvre bon Guillaume, il a l'âme si tendre !...
C'est un vrai cœur de femme en un corps de lion !
Mais, non, c'est un cœur d'or recouvert d'un haillon.
L'autre jour, ô malheur ! à l'angle d'une rue
Il tombe mort de faim ! Une femme accourue
Arriva près de lui ; la foule s'amassa,
Un grand sergent de ville aussitôt s'avança ;

Le cercle était compact autour de ce pauvre homme ;
Enfin la charité, qui n'est pas morte, en somme,
Eut pitié de ce vieux : on fit couler du vin
Sur sa lèvre livide, et Guillaume revint
Lentement à la vie. O Dieu ! qu'il était pâle !
Son cou maigre s'enflait et contenait le râle ;
Ses cheveux clair-semés, blancs, tombaient sur son cou.
Un monsieur, s'arrêtant, dit : C'est un homme soûl,
Suivons notre chemin... — Bien, dandy, prends ta course.
Tu n'ouvres pas ton cœur, tu peux fermer ta bourse ;
Tout pauvre que je suis, je vaux plus que ta peau,
Lui dit un ouvrier qui tendait son chapeau.
Une dame, cachant d'un voile noir ses charmes,
Y mit un louis d'or humecté de ses larmes :
Guillaume ouvre les yeux et veut se souvenir
De ce qui s'est passé. — Qu'allez-vous devenir,
O mes pauvres petits ! mon Dieu, faites-leur grâce !
Et de ses maigres mains il se couvre la face ;
Quand l'ouvrier quêteur, au front intelligent,
Lui met sur les genoux le feutre plein d'argent.
Guillaume le saisit, sourit et le regarde,
Remercie et regagne en boitant sa mansarde,
Où depuis le matin pleurent ses trois enfants ;
Il entre, et les marmots, aussi prompts que des faons,
Bondissent devant lui : le bonheur les rend ivres !
Car le vieux leur apporte un pain de quatre livres !...

## XX

## LA VIERGE AUX ABEILLES

Près de sa ruche elle travaille,
Assise au pied d'un cerisier ;
A l'ombre d'un chapeau de paille
Ses doigts mignons tressent l'osier.
Ses yeux d'iris, sa mine fraîche,
Plus vive que le vermillon,
Éblouissent le papillon,
Qui prend Jeanne pour une pêche
Ou pour des bluets du sillon.

C'est la vierge de la chaumière,
Dénouant ses cheveux charmants,
Où la rosée et la lumière
Ont tamisé leurs diamants.
Avant l'aube elle est éveillée ;
L'alouette ne chante pas,
Que soudain au bruit de ses pas
La ruche écoute, émerveillée,
Jeanne lui fredonnant tout bas :

O mon peuple d'abeilles! vole
Vers les fleurs à fraîche corolle,
Écloses sous l'azur du ciel;
Vole, essaim doré, vole, vole,
Pour apporter à l'alvéole
La cire blanche et le doux miel.

Çà, mes filles, voici l'aurore ;
Un vent léger baise les fleurs
Dont le calice est une amphore
Où brillent de célestes pleurs.
Partez, mes filles bien-aimées,
Sur la bruyère et sur le thym ;
Ils ont pour vous riche butin,
Et dans vos ailes parfumées
Luiront les rayons du matin.

Votre république est heureuse,
Vous vivez en communauté;
Votre tâche laborieuse
Est utile à l'humanité.
Que chacune de vous butine
Dans les verts buissons d'alentour,
Que l'on voit fleurir tour à tour,
A l'heure où la rose églantine
S'épanouit avec le jour.

Puisez, puisez en abondance
Aux digitales des hameaux

Le miel allégeant la souffrance :
Il reste à guérir bien des maux !
Dans les greniers, dans les hospices,
Il est de pauvres travailleurs
Usés par de rudes labeurs;
Ils boiront tous avec délices
Les sucs généreux pris aux fleurs.

Puisez la cire virginale;
Il faut des flambeaux radieux,
Non pour l'immonde bacchanale,
Mais pour les hommes studieux;
Sous le chaume, quand descend l'ombre,
Qu'elle glisse un rayon vermeil,
Pour l'artiste veuf de sommeil,
Rêvant dans sa mansarde sombre,
Qu'elle remplace le soleil !

O mon peuple d'abeilles ! vole
Vers les fleurs à fraîche corolle
Écloses sous l'azur du ciel :
Vole, essaim doré, vole, vole,
Pour apporter à l'alvéole
La cire blanche et le doux miel.

## XXI

## LE MIROIR DES CHAMPS

Près du château qui me vit naître,
Un petit lac existe encor,
Ce lac d'azur, miroir champêtre,
Est encadré de boutons d'or.
La nuit les étoiles s'y mirent,
La lune pâle vient s'y voir,
Dans ses joncs les brises soupirent,
Et des oiseaux c'est l'abreuvoir.

A l'âge où le front est candide,
Où le ciel brille dans nos yeux,
Au bord de cette onde limpide
J'allais mirer mes blonds cheveux.
Mais un jour la voix d'une ondine
A mon oreille a répété :
Les vents effeuillent l'églantine !
Les ans flétrissent la beauté !

A l'âge où le cœur vient d'éclore
Aux premiers rayons de l'amour,
Un soir, que le couchant colore,
De mon lac bleu je fis le tour :

Triste était la voix des fauvettes ;
J'étais avec mon bien-aimé,
Nous regardions nos silhouettes
Raser le miroir parfumé.


Mais soudain la voix de l'ondine,
Sous les feuilles du nénuphar,
Chanta lentement, en sourdine,
Ces mots que je compris plus tard :
« Vos yeux sont beaux, vos corps sont souples,
Vertes branches où pend un nid,
Un soir l'amour unit des couples,
Un jour la mort les désunit. »


A l'âge où l'on est deux fois mère,
Je vins avec mes blonds enfants
Au bord de ce lac solitaire ;
Ils bondissaient comme des faons.
Pour s'appuyer sur mon épaule
Ils vinrent près de moi s'asseoir,
Quand du tronc caverneux d'un saule
Partit ce cri de désespoir :


« Mère, baise ces têtes blondes
Et fais-les pencher sur ton cœur ;
Le temps égrène leurs secondes
Sur un rosaire aux grains en fleur.

Mais déjà l'avenir se lève,
Entends le clairon des combats,
La guerre fait briller son glaive,
Tes fils vont déserter tes bras. »


Je suis seule et vieille à cette heure
Aux pieds de ces bouleaux tremblants;
Et, dans ce miroir où je pleure,
Je vois briller mes cheveux blancs.
L'ondine à présent est muette
Et je n'entends plus sur les eaux
Qu'une triste voix de fauvette,
Qui voltige dans les roseaux.

## XXII

## PETITES FILLES ET BERGERONNETTES

A MESDEMOISELES VÉTAULT

Du beau soleil d'avril les rayons matinals
Éclairaient un buisson aux bouquets virginals,
Une haie étalant ses branches constellées
D'astérisques de neige aux églantiers mêlées :
Et la rosée en pleurs qui frissonnait encor
Aux baisers du matin, au souffle de la brise,
Vermeille et suspendue à chaque épine grise,
Parmi des fleurs d'argent mêlait des perles d'or.
Au bas de ce buisson semé de violettes,
De frais muguets, de blanches pàquerettes,
  Deux petites bergeronnettes
Gazouillaient dans leur nid, nid de paix et d'amour
  Où glissait un rayon du jour,
Et qu'une douce mère abritait de son aile.
Or nos deux oisillons, pour essayer leur vol,
Quittaient dès le matin leur nid au ras du sol,
Buvaient les gouttes d'eau sur la feuille nouvelle,
Sautillaient, voletaient sur la mousse et les fleurs,
En poursuivant l'insecte aux brillantes couleurs.

Elles ignoraient ces supplices

Que l'on nomme la faim, la soif, le froid, la mort.

Pour les désaltérer, des milliers de calices,

A la source du ciel s'emplissaient jusqu'au bord ;

Dans les sillons, sur un brin de verdure,

La main de Dieu semait chaque jour leur pâture,

Et vers le soir, leur mère avait

Un chaud duvet

Pour couvrir leurs ailes frileuses ;

Enfin, dans leur Éden, elles étaient heureuses.

Un jour, — c'était un jour d'été

Et leurs plumes étaient complètes, —

Nos deux bergeronnettes,

Hochant la queue, allant d'un pas compté,

Prirent l'essor par delà leur colline.

Elles volaient, volaient : quand au loin un étang

Dont l'eau paraissait cristalline

Leur montre un mirage éclatant.

Ce grand lac, au soleil, brillait comme une glace ;

Son onde était limpide à la surface,

Le fond était de fange, et, dans ses flancs menteurs,

Les perles qu'il cachait semblaient être des pleurs.

On y voyait des cavernes profondes

Où s'enlaçaient des reptiles immondes ;

Et ce nouveau Charybde, affreux épouvantail,

Faisait avec du sang ses grappes de corail.

Et voilà que soudain, sous les vertes feuillées,

Nos deux filles de l'air,

Promptes comme l'éclair,
Viennent émerveillées,
Et, sur le sable d'or poudreux et scintillant,
Elles s'en vont chantant, sautillant, frétillant;
Mais tout à coup, sortant d'un arbre caverneux,
Deux reptiles hideux,
Serpentant sur le sol en longs rubans de soie,
Fascinent de leurs yeux
Les pauvres oiselets, qui deviennent leur proie.


Le couple voyageur que ma muse a cité
C'est vous, filles des champs, et le grand lac de fange
C'est Paris, la vaste cité
Où le devoir, trop souvent insulté,
Laisse tomber ses ailes d'ange.
Naïves et chastes enfants,
O mes blondes petites filles,
Qui bondissez comme des faons
Sur le gazon, sous les charmilles,
Mes doux oiseaux chanteurs, dont le nid est fourré
Au bas d'un frais vallon, dans un épais fourré :
Que vos jours soient tissus de perles et de moire;
Que les instants heureux peuplent votre mémoire;
Que sous vos pieds mignons, délicats, indécis,
Chaque rose s'entr'ouvre et jamais les soucis
Dieu sème dans les champs sa divine parole.
Au front de la pudeur il met une auréole;
Mais son œil ne s'arrête pas

Sur les grandes cités, modernes Babylones,
Où l'homme à de faux dieux élève des colonnes
Et laisse la vertu faillir à chaque pas.
Souvenez-vous toujours des deux bergeronnettes,
Savourez le bonheur, mes gentes mignonnettes ;
Le front ceint de muguets et les cheveux bouclés,
Courez dans les sentiers, dans les bois, dans les blés.
Riez et gazouillez à l'ombre du feuillage,
Mes joyeux chérubins ; l'existence à votre âge
Est une coupe d'or qui rayonne toujours,
Où Dieu verse à longs flots la joie et les beaux jours.
Aimez bien votre mère, et le soir, près de l'âtre,
Donnez de francs baisers à son front maternel.
Aimez-la bien, toujours, elle vous idolâtre,
Et l'amour d'une mère est durable, éternel !
Aimez et vénérez comme Dieu, votre père ;
C'est votre providence, il travaille, il espère ;
Il dépense pour vous sa vie et ses talents.
De vos tendres aïeuls baisez les cheveux blancs.
Mais je vous parle, enfants, avec des mots moroses,
Au lieu de m'écouter, allez cueillir des roses.
Quand vous aurez vingt ans, je serai mort ou vieux ;
Alors, si vous tournez les yeux sur cette page,
Vous direz : Il aimait à parler comme un sage ;
Il vécut simplement, ne fut point envieux,
    Et par le cœur sut marquer son passage.

## XXIII

## LA VIERGE AU CISEAU

### I

Œil des cieux, le soleil entr'ouvre sa paupière,
L'or fluide en ruisselle et submerge l'Athos;
Le souffle de l'Amour sur un bloc solitaire
Passe, le bloc tressaille et devient Callyros.

A ce marbre lacté c'est l'Amour qui travaille,
Et son œil rayonnant fait jaillir un éclair;
La pierre se détache écaille par écaille;
Sous le ciseau divin le marbre se fait chair.

Or, depuis six mille ans, muette, sous la terre,
Une vierge dormait les deux mains sur son cœur;
Mais l'art la dépouilla de sa robe de pierre,
Et la femme sourit devant son Créateur.

O blanche Callyros, vierge de la sculpture,
Plus belle que Vénus aux pudiques frissons,
Dis-moi, fille des Grecs, dont la forme est si pure,
Que fais-tu dans ce monde où, tristes, nous passons?

## II

### CALLYROS

Je suis la vierge pudique,
Je suis l'Inspiration ;
Quand je fais choir ma tunique
Le cœur bat d'émotion.

Je conserve sur cette terre
Le type de toute beauté ;
Quand je le trouve, je l'éclaire
D'un rayon d'immortalité.

Je viens quand l'artiste m'appelle ;
Les grands sculpteurs savent mon nom ;
Quand Phidias me trouvait belle,
Il travaillait au Parthénon.

Le front géant de Michel-Ange
Reçut mes baisers soixante ans ;
Par ses chefs-d'œuvre, l'homme étrange
Fait reculer les pas du temps.

Jean Goujon m'aima sans rivale.
Quand du Louvre il tomba mourant
Sous une arquebuse royale,
Mes pleurs coulèrent par torrent.

David, aux forces abattues,
Dont je pleure le souvenir,
Fit tout un peuple de statues,
Le front tourné vers l'avenir.

Etex, Bogino, Pradier, Rude,
Se disputent mon fier baiser;
Le baiser que je donne est rude,
Et doit les immortaliser.

### III

Par mon souffle divin les têtes fécondées
Sentent germer un monde, il est peuplé d'idées;
Et l'artiste à l'idée ordonne en souverain
De prendre un corps solide, une forme puissante
Qui frappe les regards; l'idée obéissante
Alors s'épanouit dans la pierre ou l'airain.

Les déesses, les dieux et les guerriers antiques
Des temples corinthiens ont empli les portiques;
On les voyait surgir du marbre de Paros.
Les grands hommes pouvaient dormir dans leur suaire
Sans craindre le néant; l'art de la statuaire
Savait éterniser les traits de ces héros.

Alors c'était ainsi. Demain les gens de guerre
Dont le sabre planté faisait saigner la terre,

De leur haut piédestal demain s'écrouleront ;
Et l'avenir, qui vient plein d'amour pacifique,
Au pied des monuments de la place publique,
Devant les travailleurs découvrira son front.

> Je suis la vierge pudique,
> Je suis l'Inspiration ;
> Quand je fais choir ma tunique
> Le cœur bat d'émotion.

## XXIV

## PENSÉES

### I

Heureux qui peut prêcher d'exemple et de parole !
Comme le Rédempteur il porte une auréole,
Et le flambeau du sage étincelle en sa main.
Des calomniateurs il brave les morsures,
Il étanche le sang de ses larges blessures,
Et, calme dans la vie, il poursuit son chemin.

### II

L'imagination est un cheval sans bride
Qui se cabre, galope et bronche à tout moment.
Ce coursier doit avoir la justice pour guide,
      Pour cavalier le jugement.

### III

Le travail ennoblit et l'aumône dégrade :
Celui qui la reçoit souffre, s'il a du cœur :
Et celui qui la porte en en faisant parade,
Met à la bienfaisance un masque d'imposteur.

## XXV

## LA VIERGE A LA POUPÉE

I

Mais voyez donc comme elle est belle,
Assise sur une escabelle
    Auprès du feu !
Elle sourit, elle babille,
Et toute sa jeune âme brille
    Dans son œil bleu.

Sa bouche est comme une cerise,
Et sa chevelure, qui frise
    En boucles d'or,
Tombe, ainsi qu'un voile de fée,
Sur une poupée attifée
    Qui toujours dort.

C'est Marguerite, la mignonne,
La jeune vierge qui fredonne,
    Les soirs d'hiver.
Tout en berçant sa pouponnette,
Elle dit cette chansonnette
    Sur un vieux air :

I I

### CHANSONNETTE

Eh! dodo!
Pouponnette
Mignonnette;
Eh! dodo!
Dodinette,
Dodino!

Il faut dormir, mademoiselle!
Voyons! de quoi vous plaignez-vous?
N'êtes-vous pas heureuse et belle?
Êtes-vous mal sur mes genoux?
Hélas! à l'heure où je vous berce,
Plus d'un pauvre enfant souffreteux
De grêle reçoit une averse
Et rentre chez lui tout piteux.

Eh quoi! vous faites la méchante
Et vous ne voulez pas dormir?
Fermez les yeux, puisque je chante,
Ou les gendarmes vont venir!

Savez-vous bien, vilaine fille,
Qu'à cette heure où le jour pâlit,
Il est des enfants en guenille
Qui pour dormir n'ont pas de lit!

Pourquoi crier à perdre haleine?
Avez-vous froid près du foyer?
N'avez-vous pas des bas de laine?
Qu'avez-vous besoin de crier?
A cette heure où je vous protége,
Plus d'un pauvre orphelin, je crois,
Grelotte pieds nus dans la neige
Et pleure au travers de ses doigts!

Voyons, ne criez plus, pouponne,
Vous ne devez pas avoir faim :
Vous savez bien que je vous donne
De mes bonbons et de mon pain.
Songez qu'à cette heure, ma fille,
Où vos cris viennent m'occuper,
Il est plus d'une humble famille
Qui se couchera sans souper!

— Allons, faites votre prière,
Fillette, il faut vous reposer :
C'est bien, fermez votre paupière,
Puisque je m'en vais la baiser.

Rappelez-vous, douleur amère,
Lorsque vous pleurerez trop fort,
Que sans un baiser de sa mère
Plus d'un petit enfant s'endort !

Eh ! dodo !
Pouponnette
Mignonnette ;
Eh ! dodo !
Dodinette,
Dodino !

## XXVI

## LE BLÉ DES GUEUX

Un bel attelage chemine,
Un attelage d'autrefois,
Il dévalle de la colline
Et suit la lisière du bois.
Deux bœufs fiers, aux fanons superbes,
Ouvrent leurs yeux sur le coteau;
La mouche aiguillonne leur peau
Et va bourdonner dans les gerbes.

A pas comptés laissons marcher les bœufs :
Que nul malheur n'arrête
La pesante charrette
Qui porte du blé pour les gueux.

Une moissonneuse coquette,
En souriant d'un air rusé,
Offre la gourde de piquette
Aux moissonneurs au front bronzé;

Elle fait rire ses dents blanches
Lorsqu'ils vident le biberon ;
Autour d'elle ils dansent en rond,
Et les épis rasent les branches.


A pas comptés laissons marcher les bœufs :
    Que nul malheur n'arrête
    La pesante charrette
Qui porte du blé pour les gueux.


Dans le fond le soleil se couche
Et sourit au chant du grillon,
Un bambin pieds nus, et qui louche,
Porte crânement l'aiguillon.
Il saute devant l'attelage ;
S'il ne voit le soleil couchant,
Ses petits yeux gris, en louchant,
Lorgnent le clocher du village.


A pas comptés laissons marcher les bœufs :
    Que nul malheur n'arrête
    La pesante charrette
Qui porte du blé pour les gueux.


Où s'en va donc ce char rustique
Escorté de ces braves gens ?...
Il va dans le village antique
Porter la part des indigents ;

C'est qu'il est dans ce vieux village
· Un de ces vieux hommes de cœur
Qui ne trouvent le vrai bonheur
Qu'à partager leur héritage.

A pas comptés laissons marcher les bœufs :
    Que nul malheur n'arrête
    La pesante charrette
Qui porte du blé pour les gueux.

## XXVII

## LA VIERGE DE LA RÉSIGNATION

Ma vierge s'appelle Marie,
Elle n'habite pas le ciel;
La terre, voilà sa patrie :
Mais j'aime le nom de Marie,
Doux aux lèvres comme le miel!

### I

Elle appuie en sa main son front mélancolique,
Ses charmes sont voilés par de simples habits;
Virgile eût enchâssé dans une bucolique
Ses yeux pleins de douceur comme ceux des brebis.

Sur ses lèvres on voit éclore l'espérance,
Elles s'ouvrent ainsi qu'un bouton d'églantier;
Nul n'y découvrirait un pli d'indifférence,
L'amour pour le prochain y brille tout entier!

A l'âme défaillante et que le doute irrite,
A l'esclave fouetté par l'indignation,
Au génie incompris dont Dieu sait le mérite,
Elle apporte la foi, la résignation!

## II

Ma vierge aux yeux divins, c'est la vierge propice,
S'efforçant d'alléger les fardeaux douloureux;
La nuit elle s'assied près d'un grabat d'hospice,
Et verse l'espérance au cœur des malheureux.

A la veuve pleurant sur une morne tombe
Qu'auprès de son époux elle doit habiter,
Sa voix dit : De tes yeux chaque larme qui tombe
Féconde sa poussière et la fait palpiter.

A l'orphelin sans feu, sans état, sans ressource,
Elle dit : Les oiseaux trouvent pendant l'hiver,
Pour leur faim et leur soif, les grains, l'eau de la source;
Par la société sois nourri, soit couvert !

## III

A l'ouvrière jeune, à la fois mère et fille,
Maria dit : Travaille, il faut gagner ton pain !
Pendant que sous ton doigt chemine ton aiguille,
Ton pied fait osciller un berceau de sapin.

Pauvre petit berceau ! les pleurs dont tu l'arroses
Sur les couches de lin ne sèment pas de fleurs;
Mais quand ton fils sourit, de ses deux lèvres roses
Part un rayon d'espoir qui vient sécher tes pleurs !

Aux baisers de l'amour Dieu te rendit féconde,
Et l'amour releva ton courage abattu ;
Travaille, pauvre enfant, et que Dieu te seconde :
Un homme est dans ton fils pour bénir ta vertu !...


## IV


Pensive, elle s'en va de l'entre-sol au faîte,
Où filtre l'eau du ciel sur de pauvres grabats,
Cherchant les indigents dont la mort est la fête ;
Elle s'approche d'eux et leur parle tout bas.

Au vieillard affaissé par un labeur sans trêve
Elle dit, ranimant ce débile cerveau :
Ta vie, ô travailleur ! fut un pénible rêve,
Tu vas te réveiller dans un monde nouveau !

Oui, tu rajeuniras loin des chemins arides
Où ton bâton noueux soutient tes pas tremblants ;
Le travail à ton front ne mettra plus de rides
Où, perlés de sueur, pleurent tes cheveux blancs !


## V


L'homme qu'a renversé la fortune brutale
Du sommet des grandeurs dans un fangeux chemin,
S'il veut briser son front par une arme fatale,
Maria le console et désarme sa main.

Elle donne l'espoir à l'ouvrier qui chôme,
L'empêche d'incliner vers de mauvais penchants ;
Au paysan qui voit brûler son toit de chaume,
Elle montre du doigt la moisson dans les champs.


Au fils qui se dérobe aux larmes de sa mère
Pour répandre son sang à l'ombre des drapeaux,
Elle fait espérer la croix, une chimère !
Et puis qu'il reverra ses vergers, ses troupeaux.


## VI


Du prisonnier martyr de sa foi politique
Elle allége les fers et fleurit la prison,
Aux cœurs désespérés elle souffle un cantique,
Et donne aux pauvres fous un éclair de raison.


Aux bohémiens venus ou d'Espagne ou d'Alsace,
Aux bateleurs forains, aux chanteurs ambulants,
Au mendiant qui traîne et bâton et besace,
Et rêve sur la paille à des repas brillants,


A tout ce qui chemine au soleil, sur la glace,
Et demande partout son pain et son chemin,
Au banquet du hasard elle donne une place
En faisant espérer un meilleur lendemain.

## VII

Quand la mer sous le ciel prend une teinte sombre,
Alors que les marins sont battus par les flots,
Sur un écueil fatal lorsqu'un navire sombre,
Elle montre les cieux aux pauvres matelots ;

Aux mineurs enfouis au fond d'une carrière,
Où vous, rayons du ciel, vous ne pénétrez pas,
Si des rocs écroulés se changent en barrière,
Elle aide à déblayer ce caveau du trépas.

Aux pauvres, aux proscrits dont la vie est meurtrie,
Qui vont de désespoir ou bien de faim mourir,
Elle dit : Vous manquez de pain et de patrie,
Patience : j'ai vu ce qui doit vous nourrir.

Ma vierge s'appelle Marie,
Elle n'habite pas le ciel ;
La terre, voilà sa patrie :
Mais j'aime le nom de Marie,
Doux aux lèvres comme le miel.

## XXVIII

## DES AILES!!!

Libres oiseaux, combien je vous envie!
Dans l'air du ciel vous chantez, vous volez;
Et moi je traîne une pénible vie
Sur les chemins de fange maculés.
Foulant du pied l'herbe et les fleurs nouvelles,
    Je marche en rêvant
    Des ailes! des ailes!
  Pour les ouvrir grandes au vent!

L'humanité grandit, marche et s'épure,
Dit le poëte en sondant l'avenir.
Moi, je ne vois qu'égoïsme, imposture,
Que maux affreux qu'on ne peut définir.
Si les douleurs doivent être éternelles,
    Essuyons nos yeux :
    Des ailes! des ailes!
  Pour les ouvrir grandes aux cieux!

L'enthousiasme a déserté ce monde;
Le bonheur fuit, notre siècle est de fer!
Le pauvre meurt de faim quand tout abonde,
C'est Ugolin rivé dans son enfer!

Pour ne pas voir ces souffrances cruelles
Qui tordent le cœur,
Des ailes! des ailes!
Fuyons dans un monde meilleur!

Le vice rampe en relevant sept têtes;
Il fait sonner ses mille écailles d'or;
On le voit luire au milieu de nos fêtes,
Et mordre au flanc la probité qui dort.
Si la vertu dans nos tristes ruelles
Chemine pieds nus,
Des ailes! des ailes!
Cherchons des mondes inconnus!

Le rossignol, la nuit, chante sur l'orme,
Sur l'églantier de roses couronné,
Et moi je vais, traînant mon corps difforme,
Dans un chemin par le pied profané;
Emportez-moi, mes sœurs les hirondelles,
Là-haut, dans l'air bleu!
Des ailes! des ailes!
Je veux me rapprocher de Dieu!

## XXIX

## LES PONTS CÉLESTES

Regardez ! ces gerbes de flammes,
Qui tombent sur ce globe obscur,
Sont des arches d'or et d'azur
Où la mort fait passer les âmes :
Chrétiens, juifs et mahométans,
Vous pour qui l'or est une idole,
   Sans payer une obole
Passez sur ces ponts éclatants.

Jeter bas sa dépouille immonde,
C'est conquérir sa liberté;
Sur le pont lumineux jeté
   De l'un à l'autre monde,
   Ames des trépassés,
     Passez!...

Sceptique frappé de démence,
Quand le néant n'existe pas,
Pourquoi redouter le trépas?
Ce monde est une cuve immense,

La vie y bouillonne à plein bord !
La matière s'y purifie,
   Elle se luméfie
En passant aux mains de la mort.


Jeter bas sa dépouille immonde,
C'est conquérir sa liberté ;
Sur le pont lumineux jeté -
   De l'un à l'autre monde,
   Ames des trépassés,
     Passez !...


Le progrès éloigne les ombres
Et nous conduit à la clarté ;
Le mal n'a jamais existé
Que dans l'esprit des cerveaux sombres ;
Tous ces soleils d'or et de feu,
Liés avec tant d'harmonie,
   Sont la chaîne infinie
Dont chaque anneau nous mène à Dieu !


Jeter bas sa dépouille immonde,
C'est conquérir sa liberté ;
Sur le pont lumineux jeté
   De l'un à l'autre monde,
   Ames des trépassés,
     Passez !...

## XXX

## LA VIERGE AUX ROUGES-GORGES

Berthe, la vierge aux rouges-gorges,
Berthe, l'églantine des bois,
A travers les seigles, les orges,
Redit les vieux airs d'autrefois.
On dirait la voix argentine
D'un roitelet dans un buisson.
Au loin l'écho de la colline
Chante avec elle à l'unisson.

On voit sa petite chaumière,
Faite de glaise et de cailloux,
Se mirer dans une rivière
Dont l'eau ne monte qu'aux genoux.
Son toit de mousse, angle rustique,
Se découpe à l'horizon bleu,
Comme une fraîche mosaïque
De fleurs que sème le bon Dieu.

Devant la porte on voit un orme
Qui lève ses bras vigoureux,
Un saule dont la tête énorme
A fait bâiller le ventre creux.

Quand la lune éclaire ce saule,
Vraiment fantastique, la nuit,
Il semble voûter son épaule
Pour s'admirer dans l'eau qui fuit.


De ces champs, de cette chaumière,
Berthe s'est fait un paradis
Que l'été remplit de lumière,
Où nichent les moineaux hardis.
Les rouges-gorges de la haie
La regardent passer joyeux.
Berthe jamais ne les effraie :
Ils se becquettent sous ses yeux.


Elle marche pieds nus dans l'herbe,
Dans la poussière des sentiers.
Sa main cueille le fruit acerbe
Qui brille rouge aux églantiers.
Voyez-vous ! la coquette fille
Veut en remplir son tablier ;
Avec son fil et son aiguille
Elle va s'en faire un collier.


Des vents elle aime le murmure
Qui donne aux feuilles des frissons ;
Elle s'en va cueillir la mûre
Qui saigne dans les verts buissons.

L'été, quand la moisson est faite,
Pour glaner, aux champs elle part;
Il lui faut un gâteau de fête,
Dont les oiseaux auront leur part.


Elle travaille, elle sent vivre
Dieu dans son cœur. Lorsque l'hiver
A mis des dentelles de givre
Où brillait le feuillage vert,
Elle prend sa serpe tranchante,
Garnit de paille ses sabots,
Et dans les bois où sa voix chante,
Berthe va glaner des fagots.


Ployant sous le faix qu'elle porte,
Elle revient; ses doigts gercés
Lèvent le loquet de sa porte,
Où pendent des réseaux glacés.
Elle entre, et sous la cheminée
Le briquet allume un éclair;
Le bois mort et la graminée
Vont resplendir en long feu clair.


On croirait voir flamber dix forges
Aux feux dorés, rouges et bleus.
C'est alors que les rouges-gorges
Sur la neige volent frileux.

Ils viennent tous au seuil de Berthe
Frapper du bec et dire en chœur,
Si sa porte n'est point ouverte :
Il fait bien froid ! ouvre-nous, sœur !

La vierge leur ouvre sa porte ;
Ils entrent, cherchent un perchoir ;
L'un va sur une branche morte,
L'autre vole sur le dressoir,
Un autre sur la jeune fille :
Pour nid il choisit son cou blanc ;
Tous à la flamme qui petille
Réchauffent leur duvet tremblant.

Dans la main de Berthe l'un mange,
L'autre sautille sur ses doigts ;
Un autre enfle sa gorge orange,
D'où ruisselle une douce voix.
Que dit cette voix de poëte
Qui soupire comme un roseau ?
Je veux être son interprète
Et traduire ce chant d'oiseau.

## CHANSON DES ROUGES-GORGES

Un jour ton âme aura des ailes,
Petite sœur, je te le dis;
    Elles seront bien belles,
    Plus brillantes que celles
Des beaux oiseaux de paradis;
Petite sœur, je te le dis.

Nous, les amis de la chaumière,
Les rouges-gorges du bon Dieu,
Nous pleurons lorsque la lumière
Du soleil vient nous dire adieu.
Mais Berthe est une bonne fille
Qui nous prète son feu qui brille,
Et nous remercions Berthe et Dieu.

Berthe, Dieu te sera propice,
Chaste sœur des petits oiseaux!
Va! jamais le démon du vice
Ne te prendra dans ses réseaux.
Garde toujours ton innocence,
Et qu'au printemps la fleur t'encense,
Blanche sœur des petits oiseaux.

Ton cœur est bon, ton âme est bonne;
On est heureux par la bonté.

Les miettes que ta main nous donne
Sont des perles de charité.
Que toujours le ciel te protége,
Toi qui nous gares de la neige :
On est heureux par la bonté.


Il faut aimer Dieu, la nature,
— Le vrai bonheur est dans l'amour ! —
Aimer la moindre créature,
La moindre fleur éclose au jour.
Oh ! les méchants sont bien à plaindre !
Mais notre sœur n'a rien à craindre,
Puisque son cœur est plein d'amour.


Un jour ton âme aura des ailes,
Petite sœur, je te le dis ;
   Elles seront bien belles,
   Plus brillantes que celles
Des beaux oiseaux de paradis ;
Petite sœur, je te le dis.

## L'ENFANT ET LE ROSIER

Marie avait à sa fenêtre
Un rosier de Provins.
Or le printemps venait de naître,
Marguerites des champs, boutons d'or des ravins,
Épanouissaient leur corolle
Sous les regards de l'astre à l'immense auréole.
De frais boutons brillaient sur le rosier,
Plus roses que les fruits pendus au cerisier ;
Marie aimait à voir, en passant son aiguille,
Ces fleurs en espérance, image de sa fille,
Enfant qu'elle endormait le soir sur ses genoux,
En la couvrant des baisers les plus doux.


Elle disait : Ma fille sera belle !
Ma fille grandira sous l'aile maternelle ;
Innocence, vertu, pudeur l'embelliront !
Pareille à ces boutons qui s'épanouiront,
Pour tendre sous le ciel leur coupe parfumée,
Sous les regards de Dieu, ma fille bien-aimée
Sans tache lèvera son front !

Vœux superflus! déception amère!
La mort, de son souffle étouffant,
Sous les yeux de la mère
Vint flétrir le rosier et fit mourir l'enfant.


N'anticipons jamais le temps par un doux rêve;
Ne cherchons pas de fleurs au champ de l'avenir;
Car la déception, ce vent froid, les enlève
Au moment où la main s'apprête à les cueillir.

## XXXII

## LE LUTIN DU FOYER

Assis près de ma cheminée,
Écoutant le chant du grillon,
Rêveur et la tête inclinée,
J'eus une étrange vision :
Je vis, sur une ardente flamme,
Un lutin danser, tournoyer ;
Alors, laissant rêver mon âme,
Je dis à l'esprit du foyer :

Petit lutin folâtre,
Qui ris en voltigeant,
Porte du bois à l'âtre
Où s'assied l'indigent.

Viens-tu des monts de la Norwége,
Où les hivers règnent toujours ?
Sous le chaume couvert de neige,
Aux filles tiens-tu des discours ?
Dans les salons, où l'or nous brave,
Fais-tu sourire les méchants ?
Ou bien d'un barde scandinave
Viens-tu me redire les chants ?

Petit lutin folâtre,
Qui ris en voltigeant,
Porte du bois à l'âtre
Où s'assied l'indigent.


Comme aux jours de douce croyance,
Vas-tu visiter les hameaux?
Et la nuit, quand tout fait silence,
Mènes-tu paître les troupeaux?
Quand on a fermé l'écurie,
Des chevaux lutin familier,
De foin, de luzerne fleurie,
Vas-tu remplir le râtelier?


Petit lutin folâtre,
Qui ris en voltigeant,
Porte du bois à l'âtre
Où s'assied l'indigent.


Si tu n'as point sous l'anathème
Perdu tes pouvoirs méconnus,
Follet, pour que l'indigent t'aime,
Réchauffe ses pieds froids et nus!
Va casser quelque branche morte
Au chêne de givre couvert...
Par les fissures de sa porte,
Le pauvre entend siffler l'hiver!...

Petit lutin folâtre,
Qui ris en voltigeant,
Porte du bois à l'âtre
Où s'assied l'indigent.

Souvent la charité s'attarde
Et laisse gémir les douleurs ;
Hélas ! dans plus d'une mansarde,
Le froid cristallise des pleurs !...
Plus d'une pauvre mère couche
Dans un lit froid son nourrisson...
Pour sécher son lange et sa couche,
Fais vite flamber un tison !...

Petit lutin folâtre,
Qui ris en voltigeant,
Porte du bois à l'âtre
Où s'assied l'indigent.

Va, fuis le foyer du poëte,
Petit démon au corps de feu,
Qui portes une rouge aigrette
Et te drapes d'un manteau bleu :
Aux pauvres tu peux être utile,
Avec joie ils t'accueilleront ;
Va réjouir leur triste asile,
Et les pauvres te béniront.

Petit lutin folâtre,
Qui ris en voltigeant,
Porte du bois à l'âtre
Où s'assied l'indigent.

## XXXIII

## LA MONTAGNE DES ORGUES

Au bas de la montagne aux aiguilles coniques,
 Des voyaygeurs le regard curieux
  Voit surgir des tableaux magiques :
Ici, le torrent gronde et roule impétueux,
Sur ses bords embaumés, palmiers et passiflores
Agitent sous le ciel leurs grands panaches verts ;
  Les tangaras septicolores,
Les couroucous dorés, tout radieux et fiers,
Réveillent les échos de leurs bruyants concerts.
Là, sur les goyaviers, le rubis-émeraude,
Comme un saphir ailé, chante, voltige et rôde ;
  Les guits-guits bleus, les noirs gacarinis,
Au front des bananiers vont suspendre leurs nids ;
Des chants harmonieux, de chatoyants plumages,
  Animent ces frais paysages ;
Les yeux sont éblouis de ces vives couleurs
Qu'étalent les oiseaux qui vont frôlant les fleurs,
Et l'oreille se berce à leur douce musique.
Ensuite on touche au pied des aiguilles coniques,
On monte, on monte encor, triste stérilité !
Chaque pic est aride, et l'œil épouvanté

En arrière, bien loin, de terreur se rejette !
Inutiles efforts, la montagne est muette !
Fleurs et parfums et chants suaves des oiseaux
Se perdent au lointain aux murmures des eaux,
Et vous ne voyez plus que votre silhouette
Sur les rocs s'allonger comme un sombre squelette.

La vie a deux versants tout pleins d'émotions :
L'un est peuplé de fleurs, d'oiseaux, d'illusions,
C'est le frais paysage où tout brille, où tout chante ;
L'autre est le pic aride où tout vous désenchante !

## XXXIV

## LE DIABLE ET LE SCULPTEUR

En s'appuyant sur une verte branche
De prunelier à la fraîche senteur,
Sous les habits d'un juif à barbe blanche,
Le diable un jour s'en va chez un sculpteur :
— Bonjour, l'ami, dit-il d'un ton bizarre ;
J'ai dans ma poche un diamant fort rare
Que j'ai trouvé dans les sables du Nil ;
Il est à toi si dans le blanc carrare
Tu reproduis trait pour trait mon profil.

    — J'aime mieux boire mon eau fraîche
    Et manger mon pain bis, vraiment!
    Je sculpterai plus librement
    L'Homme-Dieu né dans une crèche :
    Tu peux garder ton diamant.

— Mener de front et misère et génie,
C'est désirer mourir à l'hôpital ;
Donc, entre nous, pas de cérémonie.
J'ai beaucoup d'or! Ce précieux métal
Sonne si clair, qu'il réveille la gloire!

C'est le clairon annonçant la victoire
Au vrai talent, marchant à la grandeur !
Or je t'en donne à remplir une armoire,
Si tu me fais beau comme un empereur !

— J'aime mieux boire mon eau fraîche
Et manger mon pain bis, vraiment !
Je sculpterai plus librement
L'Homme-Dieu né dans une crèche :
Garde ton or, ton diamant.

— On ne vit pas de pain sec et d'eau claire,
Déride-moi ce front de puritain !
Je te promets un renom populaire,
Un riche hôtel dans le quartier d'Antin ;
Je t'enverrai, pour aller à la chasse,
Quatre chevaux blancs de Calatrava !
A l'Institut chacun te fera place,
Si tu me fais grand comme saint Ignace,
Levant les yeux aux pieds de Jéhova.

— J'aime mieux boire mon eau fraîche
Et manger mon pain bis, vraiment !
Je sculpterai plus librement
L'Homme-Dieu né dans une crèche :
Garde chevaux et diamant.

— Décidément tu n'es pas un artiste,
Je le vois bien. Non, les fils des Hébreux

Ne feraient pas Jésus à mine triste,
Les bras en croix, cheveux pendants, œil creux !
Je pars : chez toi je n'ai plus rien à faire.
Taille en granit une vieille Misère !
Drape-la bien d'une robe en lambeau :
Quand tu seras sous quelques pieds de terre,
Elle ornera ton glorieux tombeau.

Va, tu peux boire ton eau fraîche
Et manger ton pain bis, vraiment !
Tu sculpteras plus librement
L'Homme-Dieu né dans une crèche :
Moi, je garde mon diamant.

Et le sculpteur, d'une voix libre et fière,
Répond au juif : — J'aime ma pauvreté !
Elle m'inspire, et m'ordonne de faire
L'Homme-Dieu, mort pour la fraternité !
Voilà pourquoi je travaille et je veille !...
Le diable alors, en se grattant l'oreille,
Prend son bâton et grommelle en sortant :
— Avec ces gens on ne fait pas merveille :
Dieu, je le vois, est plus fort que Satan.

## XXXV

## LA VIERGE AU SOURIRE

Florida la blondine, aux lèvres demi-closes,
C'est la vierge aux yeux bleus, au sourire éternel,
Au teint blanc comme un lis, vermeil comme les roses,
Qui met dans ses cheveux bluets et primeroses,
Et qui prend pour écharpe un pan de l'arc-en-ciel.

O vierge symbolique et toujours ingénue !
L'étoile du matin rayonne dans tes yeux :
L'oiseau du paradis abandonne la nue,
Et vient se reposer sur ton épaule nue,
Pour boire la rosée éparse en tes cheveux.

La joie est sur ton front, plein d'une chaste flamme ;
De boutons printaniers tu fais un chapelet ;
Du cristal le plus pur ta voix monte la gamme :
Elle vient remuer les fibres de notre âme,
En vibrant sur tes dents blanches comme du lait.

Ton regard souriant nous ravit, nous enchante,
Il glisse dans nos cœurs en fluide vital ;
Devant toi la fureur éteint sa voix méchante ;
Enfin, à ton aspect le ciel s'ouvre, tout chante,
Du plus haut des sommets au plus profond du val !

9

C'est que ta mission, ô fille de l'aurore !
Est de nous consoler, d'apaiser nos douleurs :
Sur ce monde en enfance et qui vagit encore,
Ton magique sourire à nos yeux fait éclore
Des amours dans les nids, et dans les bois des fleurs.

Non, l'homme n'est pas fait pour souffrir sur la terre ;
Non, plus de lacs de sang, plus de ruisseaux de pleurs,
Où le démon du mal boit et toujours s'altère !
Accomplis, Florida, ton divin ministère,
Éloigne la tristesse, épanouis les cœurs !

Ta sœur Éolida, le front ceint de verveines,
Tend son calice d'or à nos larmes, hélas !
Mais toi, dont la gaîté circule dans tes veines,
Pour éloigner nos maux, pour alléger nos peines,
Tu danses devant nous le front ceint de lilas !

Danse, chante et souris ; chante, souris et danse ;
Fais sourire et s'aimer tous les pauvres humains ;
Aux accents de ta voix mets le monde en cadence ;
De tous les parias que la ronde commence,
Et ceigne notre globe en enlaçant les mains !

## XXXVI

## LA COURONNE VIRGINALE

Jeune fille, que la Pudeur
De ses ailes d'ange environne,
Sur votre front plein de candeur
Gardez votre blanche couronne.
Il est dans un endroit obscur
Un démon qui toujours vous guette;
Et ce démon, d'un souffle impur,
L'effeuillerait sur votre tête !

Jeune fille, dont les doux yeux
Vous donnent l'air d'une madone,
Sur votre front insoucieux
Gardez votre blanche couronne.
Il est un ruisseau noir, profond,
Où, lorsque l'on se penche à peine,
La couronne tombe du front,
Ensuite le courant l'entraîne.

Jeune fille, qui chaque jour
Adressez à votre patronne
La prière d'un chaste amour,
Gardez votre blanche couronne.

Oh! quand on peut la garantir
De tout souffle impur qui la frôle,
Ainsi que celle du martyr,
Dieu vous la change en auréole!...

## XXXVII

## LA CHANSON DE MAI

La poésie est éternelle,
Éternelles sont les amours !
En vain on déchire son aile,
Les plumes repoussent toujours ;
En vain des âmes infécondes
Salissent l'amour printanier,
Sur les branches du marronnier
Nichent les tourterelles blondes.
Tant que les rosiers fleuriront,
Oiseaux, poëtes, chanteront.

Quand l'air du printemps nous arrive,
On ne songe plus à l'hiver
Qui met des guipures de givre
Au buisson noir, au chêne vert.
Les pâquerettes sont écloses,
Les arbres poussent leurs bourgeons,
Sur le toit brun, les blancs pigeons
Se caressent de leurs becs roses.
Tant que les rosiers fleuriront,
Oiseaux, poëtes, chanteront.

Dans les champs les bergeronnettes
Rasent les eaux, suivent les bœufs;
Sur le coudrier les fauvettes,
Avec bonheur, couvent leurs œufs.
Au roc paré de saxifrage
La chèvre broute à belle dent,
Et le poëte indépendant
Baise au front sa muse sauvage.
Tant que les rosiers fleuriront,
Oiseaux, poëtes, chanteront.

Allons, frères en poésie,
Suivons, en mariant nos voix,
Le vol de notre fantaisie.
Les merles réveillent les bois;
Le vent fait chanter les ramures;
A cet orchestre végétal
Mélons les notes de cristal
Qui vibrent dans nos âmes pures.
Tant que les rosiers fleuriront,
Oiseaux, poëtes, chanteront.

Oublions le bourbier des villes,
Allons rêver au fond du val;
Cueillons-y de fraîches idylles
Où brille un rayon matinal;
Quand la prairie est constellée,
Fronts rêveurs et nids de pinsons

Toujours sont peuplés de chansons
Qui dans l'air prennent leur volée.
Tant que les rosiers fleuriront,
Oiseaux, poëtes, chanteront.

Quand l'aurore allume ses flammes,
Baignons-nous dans l'azur du ciel ;
Soyons les abeilles des âmes,
Dans les bons cœurs versons le miel ;
Tous à la ruche poétique
Suspendons notre blond rayon,
Et réservons notre aiguillon
Pour les guêpes de la critique.
Tant que les rosiers fleuriront,
Oiseaux, poëtes, chanteront.

## XXXVIII

## LA VIERGE AUX PAPILLONS

### I

Avril a mis sa robe
D'émeraude et d'azur,
Et le papillon se dérobe
A son tombeau caché dans le trou d'un vieux mur.
Aile blanche, aile bleue, aile rose ou dorée,
S'en vont toutes, riches couleurs,
Dans leur route azurée,
Danser comme des fleurs.

Prends ta volée,
Il fait beau temps,
Fleur ailée
Du printemps.

### II

Et Sylphéa, leur reine,
Qui sommeillait encor,
Écarte l'écorce d'un frêne
Et s'échappe de l'arbre avec son sceptre d'or !

Pâle et blonde, elle fuit de cette prison noire
Où l'hiver la tenait sous clés,
Couvrant son corps d'ivoire
De ses cheveux bouclés.

Prends ta volée,
Il fait beau temps,
Fleur ailée
Du printemps.

### III

Son œil point ne se montre
Aux vulgaires humains;
Le poëte seul la rencontre
Sur la verte pelouse, au revers des chemins;
Dans les sainfoins, les blés, dans les forêts profondes,
Caressant de la main, des yeux
Ces bandes vagabondes
De papillons joyeux.

Prends ta volée,
Il fait beau temps,
Fleur ailée
Du printemps.

## IV

A l'ombre d'un platane
Souvent elle s'assied ;
Vraiment on croirait voir Diane
Inclinant le gazon du marbre de son pied.
Elle tient à la main une tulipe éclose,
Coupe de rosée et de miel,
Où le sylphe repose
Pour boire l'eau du ciel !

Prends ta volée,
Il fait beau temps,
Fleur ailée
Du printemps.

## V

Un matin je l'ai vue
A travers des rayons :
D'azur, de gaze et d'or vêtue,
Elle tenait conseil avec ses papillons.
Derrière un églantier, me cachant pour l'entendre,
Je l'écoutai tout curieux.
Sa voix était si tendre,
Si doux étaient ses yeux !

Prends ta volée,
Il fait beau temps,
Fleur ailée
Du printemps.


## VI


Quel essaim vagabond ! On croit voir, quand il vole,
Des milliers de morceaux de ruban découpés ;
Et Sylphéa disait à son peuple frivole,
A ces enfants de l'air sur ses cheveux groupés :


Tout être qui porte des ailes
Aime l'amour, la liberté !
Mes chéris, les vôtres sont frêles,
Redoutez la captivité.


Les hommes sont méchants, fuyez les grandes villes.
Ce qui rampe est jaloux de ce qui prend l'essor.
Laissez vers l'abattoir courir les mouches viles,
Et respectez votre aile où brillent des yeux d'or.


Aimez les prés et la charmille,
Quand l'oiseau réchauffe ses œufs,
Longez le ruisseau qui babille,
Où le soir boivent les grands bœufs.

Redoutez les enfants ; car l'enfance est cruelle :
Ils grimpent hardiment dans l'arbre, sur le mur ;
Ils déchirent les nids, poursuivent l'hirondelle,
Et chiffonnent les fleurs de carmin et d'azur.

Ce sont d'affreuses chrysalides
Marchant lourdement sur le sol ;
Dans ces nids mobiles, stupides,
Dieu couve une âme au large vol !

Au fond des verts taillis, dans la verte clairière,
Quand vous rencontrerez, assis, un couple heureux,
Volez autour de lui, sur le thym, la bruyère ;
L'homme n'est pas méchant en admirant les cieux.

Miroirs des hommes et des femmes,
Lorsque les enfants comprendront
Que vous êtes de jeunes âmes,
Les enfants vous respecteront.

On ne vous clouera plus dans un cadre d'ébène,
Pauvres crucifiés dont on fait des tableaux !
Vous volerez en paix sur le mont, dans la plaine,
Sur les ruisseaux jaseurs, à travers les bouleaux !

## XXXIX

## L'HIVER

L'hiver approche : adieu, rayons d'automne
Qui réchauffiez les hommes, les oiseaux ;
Les vents du nord, au souffle monotone,
Viendront demain cristalliser les eaux.
La feuille tombe au vent qui la balaie,
La rose meurt, adieu, frais papillons !
Laisse aux oiseaux des graines dans la haie ;
Hiver jaloux, respecte nos haillons !

C'est la saison où les bals vont renaître ;
Heureux du monde, allez vous amuser :
Le lustre en feu brille à votre fenêtre,
Tous les plaisirs sauront vous abuser ;
Livrez vos cœurs à la gaîté falote,
La valse aura de joyeux tourbillons ;
Le pauvre, hélas ! en cheminant grelotte :
Hiver jaloux, respecte nos haillons !

C'est la saison où la misère pleure
Et veut cacher ses sanglots étouffants ;
Où l'indigent regagne sa demeure,
Pauvre taudis où pleurent ses enfants ;
Le givre en palme à ses vitres scintille,
Son âtre éteint fait enfuir les grillons ;

Laisse du pain à sa pauvre famille.
Hiver jaloux, respecte ses haillons!

C'est la saison où plus d'une humble fille,
Belle d'espoir et de virginité,
De faim, de froid laissant tomber l'aiguille,
Pour un peu d'or fanerait sa beauté.
Pour que ses yeux n'aient pas cette onde amère
Qui sur la joue imprime des sillons;
Pour qu'elle reste au côté de sa mère,
Hiver jaloux, respecte ses haillons!

C'est la saison où pinsons et poëtes,
Oiseaux frileux, cherchent le grain de mil
Sous les frimas, où leurs voix sont muettes
Jusqu'au retour du beau soleil d'avril.
Pour ces chanteurs que la bise injurie,
Laisse au ciel bleu briller quelques rayons;
Hiver jaloux, enchaîne ta furie :
Grâce pour l'aile, épargne les haillons!

Toi, dont les yeux veillent sur la nature,
Mon Dieu! pitié pour tous les malheureux!
Fais qu'ici-bas ta moindre créature
Prenne sa part de tes dons généreux.
Nous n'envions certes pas l'opulence
De ce Crésus, couché sur des millions;
Mais donne-nous du pain en abondance,
Et que l'hiver respecte nos haillons!

## XL

## LES OISEAUX

De branchette en branchette
Sautille le pinson ;
De branchette en branchette,
De buisson en buisson,
La fauvette
Volette
En chantant sa chanson.


La nuit, alors qu'elle est sans voile,
Que son azur couvre les champs,
Le rossignol dit à l'étoile
Le doux mystère de ses chants.
Au loin vibre sa voix sonore :
Il chante Dieu, l'amour, son nid,
Et lorsque se lève l'aurore,
Son chant n'est pas encor fini.


Comme une flèche l'hirondelle,
Lorsque le vent s'est apaisé,
En passant, du bout de son aile
Soufflette le moineau rusé.

10

Oiseau des périlleux voyages,
Il est l'ami des voyageurs;
Il revient des lointaines plages
Nous dire le retour des fleurs.

Le long des ruisseaux, des rivières,
La pie au corset noir et blanc
Babille avec les lavandières
Du haut du peuplier tremblant;
Est-ce une fée, est-ce un génie,
Quand elle court dans les prés? Non;
C'est l'oiseau de la calomnie,
Ne prononcez jamais son nom

Dans les champs la bergeronnette
Suit le laboureur en sabots;
Dans le ciel chante l'alouette,
Le roitelet sur les fagots;
Auprès de la vieille qui file
Assise sur un banc de bois,
Le rouge-gorge, ami tranquille,
Au bruit du rouet mêle sa voix.

L'aigle voit la foudre qui passe,
Il suit l'éclair ensanglanté;
Toute aile est faite pour l'espace
Et pour voler en liberté.

Oiseaux du bois et du rivage,
Fendez l'air bleu, rasez les eaux...
Les serins aiment l'esclavage :
Que je plains ces pauvres oiseaux !..

De branchette en branchette
Sautille le pinson ;
De branchette en branchette,
De buisson en buisson,
La fauvette
Volette
En chantant sa chanson.

## XLI

## LA VIERGE AUX LIBELLULES

I

Le jour baisse, le ciel est couleur de pervenche :
Les montagnes au loin prennent un reflet bleu ;
    A l'horizon le soleil penche
    Son immense meule de feu.

Et les oiseaux des champs, amis de la lumière,
Avant de s'endormir, du haut de leur perchoir,
    D'une voix douce et familière
    Chantent : Soleil divin, bonsoir !

On est dans la saison des chaudes canicules;
Un dernier rayon d'or brille au fond d'un étang
Où, baigneuse aux seins nus, la vierge aux libellules,
Parmi les nénuphars nonchalamment s'étend.

Sa chevelure brune, humide, se déploie
Comme un voile sur l'eau qui lui baise les flancs.
On croit voir serpenter des écheveaux de soie
Jusques à ses talons pour nouer ses pieds blancs.

Le flot la berce comme un liége,
Sans efforts, parmi les roseaux :
On dirait une vierge ou de marbre ou de neige
Qu'un dauphin invisible emporte sur les eaux.

Elle s'est fait une couronne
D'iris et de lotus ouverts ;
Son œil perlé d'azur, foyer où l'or rayonne,
Comme le ver luisant jette des reflets verts.

L'ombre gagne l'étang ; les frêles demoiselles
Alors ne craignant plus l'appétit des oiseaux,
Près de Lotuséa font frissonner leurs ailes
Avant d'aller dormir aux pointes des roseaux.

Plus de bruit : nuit complète, il semble que la lune
Au fond de cette eau calme a jeté son croissant ;
Des étoiles partout ; au ciel, dans l'eau, chacune
Échange avec ses sœurs un rayon caressant.

II

LOTUSÉA.

Que viens-tu faire ici, dis, ô pâle jeune homme ?
Un démon te poursuit.

LE JEUNE HOMME.

Et ce démon se nomme

Suicide, c'est vrai; car je viens dans tes flots
Étouffer à la fois mon cœur et mes sanglots.

LOTUSÉA.

As-tu perdu ta mère?... As-tu perdu ta femme?

LE JEUNE HOMME.

Non, je meurs d'un chagrin qui m'a déchiré l'âme.
M'être abusé deux ans à bâtir mon bonheur
Sur un marbre animé qui n'avait pas de cœur!
Allons! ouvre tes flots, Naïade échevelée;
Donne la clef des cieux à mon âme troublée!

LOTUSÉA.

Éloigne-toi! tu vas faire une lâcheté!
N'as-tu pas des devoirs envers l'humanité?...
Tu ne t'appartiens pas : l'homme appartient aux hommes,
Et les hommes à Dieu! Dans les temps où nous sommes,
Qui se tue agit mal et devient criminel.
Va retremper ton cœur au baiser maternel :
Ce baiser chassera ton amour éphémère.
Fol enfant! voudrais-tu faire pleurer ta mère?...

## XLII

# LES FAUVETTES D'HÉGÉSIPPE MOREAU

Doux chant des rossignols, chaste amour des colombes,
Vous redonnez la vie aux marbres froids des tombes.
Sur la pierre où l'on va, triste, verser des pleurs,
Le souffle du printemps, le matin, fait éclore
     Des fleurs où vient pleurer l'aurore,
Et des œufs dans le nid de nos oiseaux chanteurs.


Toute peine ici-bas d'une joie est suivie :
La vie est dans la mort, la mort est dans la vie.
Quand la nuit, sous le ciel, tend son voile de deuil,
Qui sait ce que l'amour dit au fond du cercueil?...
O principe de vie! éternelle nature!
Qui parle de néant commet une imposture;
Rien ne meurt dans ton sein, rien ne s'anéantit.
La chaîne universelle est immense, infinie,
Et dans tous ces anneaux, du plus grand au petit,
Circule incessamment le ferment de la vie !


L'esprit est éternel comme la vérité :
     Tout, ici-bas, esprit, matière,
     Passe au creuset de la lumière
     Et brille d'immortalité !

Près du tombeau d'un grand poëte,
Je sais une pierre muette
Que chaque jour le temps brunit;
De la vie et la mort, contrastes et mystères!
Dans deux couronnes mortuaires
Une fauvette a fait son nid.
Laissant l'odorante charmille,
L'oiseau mélodieux
Choisit pour abriter sa naissante famille,
La tombe d'une jeune fille
Près d'un poëte malheureux.


O toi, qui fis gémir sur la sainte colline
Une fauvette pèlerine
Qui venait becqueter la couronne d'épine,
Où les cheveux du Christ s'attachaient par lambeau,
Dis-moi, pauvre Moreau,
Dis-moi, riche poëte,
Si la sympathique fauvette
Qui nourrit ses petits près de ton froid tombeau,
Ne serait pas la même
Qui déchirait ses pieds au cruel diadème
Dont le front de Jésus sentit les dards sanglants?


Non, cette fauvette qu'on aime
Est morte depuis deux mille ans;
Et celle que l'on voit voler de branche en branche
Près du sol où, la nuit, descend ton âme blanche,

Afin d'errer parmi les noirs cyprès tremblants,
C'est une flûte ailée, une vivante lyre,
      Aux accords bien-aimés,
Qui gémit à l'aurore et vers le soir soupire,
Comme un écho divin de tes chants parfumés !

Doux chant des rossignols, chaste amour des colombes,
Vous redonnez la vie aux marbres froids des tombes.
Sur la pierre où l'on va, triste, verser des pleurs,
Le souffle du printemps, le matin, fait éclore
      Des fleurs où vient pleurer l'aurore,
Et des œufs dans le nid de nos oiseaux chanteurs.

## XLIII

## LA VIERGE AUX RÊVES

Comme Astarté, sortant blanche de l'onde,
Laissant pleurer sa chevelure blonde,
Sur son pied rose et sa conque d'argent,
Doris, nouant sa chevelure brune,
Pendant la nuit, dans un croissant de lune,
Vole au-dessus d'un nuage changeant.

L'éther la berce et porte sa nacelle;
Sur son front mat la rosée étincelle
Et dans nos prés s'égoutte en diamants.
Pâle et rêveuse, elle flotte sans trêve
Dans l'océan qui n'a ni flots ni grève,
Où les soleils sont des îlots charmants.

Lorsque sur nous, dans la mer azurée,
Doris conduit sa trirème nacrée,
Qui nous projette un reflet argenté,
Elle sourit et nous jette à mains pleines
Des songes d'or, comme autant de phalènes
Qui font à l'homme un sommeil enchanté.

Quand un vaisseau, la nuit, à pleines voiles,
Glisse en rasant le miroir des étoiles,
Elle descend de l'azur allumé :
Aux matelots que le hamac balance
Son doigt fait voir la rive où l'on s'élance
Et le clocher du pays tant aimé.

Elle s'accoude au chevet de l'enfance
Et vient veiller au sommeil sans défense,
Sommeil si pur qui s'est fait en priant ;
La vierge alors pour ces têtes blondines
Ouvre l'écrin des péris, des ondines,
Plein de rubis venus de l'Orient.

Surtout elle aime à parler au poëte
Qui va traînant sa misère inquiète
Pendant le jour, à la grâce de Dieu :
Elle lui fait, sous de vertes allées,
Glaner, le soir, des strophes étoilées,
Dans des jardins où chante l'oiseau bleu.

De l'indigent elle enrichit la paille
Et baise au front l'ouvrier, qui travaille
Avec courage et répand sa sueur.
Dans les cœurs droits son souffle fait éclore
Des visions roses comme l'aurore,
Une espérance, une sainte lueur !

Dors en paix, dors, laborieuse fille
Qui tiens si tard les ciseaux et l'aiguille
Pour soulager et ta mère et ta sœur :
Dors, chaste enfant, sur ta modeste couche,
Doris, la nuit, pressera sur ta bouche
Des fruits du ciel le suc plein de douceur.

Dors en paix, dors, penseur humanitaire
Qui veux chasser les vices de la terre,
Dors ; en rêvant tu seras un devin :
Tu verras fuir les misères, les guerres,
Et les humains, s'aimant comme des frères,
Communier sous le regard divin !

Pauvre exilé ! sur tes sauvages grèves,
Espère en Dieu ; dors, la vierge aux doux rêves
De souvenirs viendra peupler ton cœur :
Elle viendra, comme une autre Égérie,
Mettre à ton front les fleurs de la patrie
Et sur ta lèvre un doux baiser de sœur !

Les cauchemars ne sont que pour l'athée,
Le criminel et la fille éhontée,
Pour les buveurs de sueur et de sang ;
Mais pour celui qui porte une âme honnète
Et suit son droit chemin sur la planète,
Elle a toujours un songe caressant.

A l'orient, quand l'aurore se lève
Et qu'il est temps de suspendre le rêve
Du travailleur que la fatigue endort,
Doris alors s'élance d'un pied leste,
Pied rose et blanc, dans sa barque céleste,
Et va porter ailleurs ses songes d'or.

## XLIV

## UN MORCEAU DE PAIN POUR UNE FLEUR

Un pauvre enfant de la Bohème,
Pieds nus, suivait un sentier.
Le mois de mai, le mois qu'on aime,
Avait coloré l'églantier;
Il y cueillit une églantine,
Humide encor de gouttes d'eau,
Quand au bout du chemin, sur le seuil d'un château,
Il vit une enfant blonde, à la mine lutine,
Qui portait à ses dents blanches une tartine;
Et le Bohémien dit, en ôtant son chapeau :

Mignonne-blanche et rose,
Je suis pauvre et j'ai faim ;
Je vous offre une rose,
Donnez—moi votre pain.

Le blé pousse et se renouvelle,
L'églantine aime le ciel bleu.
Le pain est bon, ma rose est belle,
Échangeons ce qui vient de Dieu.

Prenez la fleur que j'ai cueillie
Au buisson où chantait un nid;
Dans votre blanche main, que la Vierge bénit,
Cette rose des champs paraîtra plus jolie!
Échangeons ce que Dieu tous les ans multiplie;
Où la charité vient, la souffrance finit.

Mignonne blanche et rose,
Je suis pauvre et j'ai faim;
Je vous offre une rose,
Donnez-moi votre pain.

Les deux enfants firent l'échange
Du pain, de la fleur, d'un regard;
La fille avait les yeux d'un ange,
Le garçon s'en souvint plus tard.
Il devint maître de chapelle,
Grâce aux efforts de son talent.
Un jour qu'il revenait heureux, le cœur brûlant,
Cueillant dans le buisson une rose nouvelle,
Il vit sa bien-aimée : elle était grande et belle...
Tombant à ses genoux, il lui dit en tremblant :

Mignonne blanche et rose,
Me voilà riche enfin;
Je vous offre une rose,
Donnez-moi votre main.

# LE PÈRE MARTIN

Certes, c'est un brave homme, on ne peut le nier,
Ce pauvre vieux Martin, dans son pauvre grenier !
Dès que l'aube se lève, il se lève avec elle,
Aiguise son tranchet et taille sa semelle,
Affûte son alène, allonge son ligneul,
Et, pendant six longs jours, travaille ferme et seul.
Il avait un garçon, il est mort à la guerre !
Il avait une femme, elle dort sous la terre,
Dans la fosse commune où s'en vont tous les gueux !
Le voilà vieux et seul : ses deux ou trois cheveux
Tombent en fils d'argent derrière ses oreilles.
Ses yeux se sont usés par de trop longues veilles
Devant ce globe d'eau, lune au brillant reflet
Qui brise ses rayons sur l'acier du tranchet.
Pour lui les jours, les ans furent toujours arides ;
Maintenant que son front est labouré de rides,
Le voilà, tout voûté de fatigue et d'ennui,
Sur sa chaise de cuir qui chancelle sous lui.
Il penche, en soupirant, sa tête résignée.
A l'angle du plafond, une grosse araignée
Raccommode, le soir, les trous de son hamac ;
Il la voit, en prenant sa prise de tabac,

Travailler comme lui dans la vieille mansarde.

Pour délasser ses yeux, souvent il la regarde

Pendant quelques instants : Allons, c'est bien, dit-il,

Fais ta part de travail, noue et croise ton fil;

A droite, à gauche, passe et glisse ta navette,

O mon noir tisserand ! chez moi la balayette

Et la tête de loup ne te dérangent pas;

Sur mon mur crevassé tu promènes tes bras

Longs et velus. Dis-moi pourquoi tu t'effarouches?

Fais comme les marchands, tends tes filets aux mouches;

Quand elles passeront, saisis-les sans effort;

Saigne-les, bois leur sang : c'est la loi du plus fort!

Il faut bien que l'on vive, après tout, dans ce monde;

Homme ou serpent, renard, vautour ou bête immonde,

Chacun fait ce qu'il peut pour saigner son voisin :

L'homme assomme le bœuf qui fit pousser son grain;

Tu peux bien te nourrir d'une mouche qui pose

Son aile sur ta toile : elle est si peu de chose!

Travaille, ô ma fileuse! autant que tu pourras,

Jusqu'au jour où la mort te croisera les bras.

Dans mon corps las et vieux mon âme est résignée.

J'attends aussi la mort, cette grande araignée

Qui depuis six mille ans saigne le genre humain!

Qu'elle vienne aujourd'hui, qu'elle vienne demain,

Je lui dirai : Merci! soyez la bien venue!

Mettez dans le sapin cette tête chenue;

Ses cheveux sont tombés à force de sueur :

Elle a bien droit au lit que fait le fossoyeur!

Ma tâche est accomplie en homme, je m'en flatte ;
J'ai fait de beaux souliers et traîne la savate ;
Mais je ne m'en plains pas, j'ai rempli mon devoir :
On n'a pas tout perdu quand on garde un espoir.
Si ma main s'est usée à battre des semelles,
Qu'importe ! je sais bien que mon âme a des ailes
Et qu'elle s'en ira, libre oiseau voyageur,
Retrouver sa compagne en un monde meilleur.

Il puise dans sa boîte une seconde prise,
Pose sa tabatière et finit la reprise
Qu'il avait commencée au flanc d'un vieux soulier.
Il a dans une cage un ami familier,
Un sansonnet jaseur, en robe mouchetée,
Qui semble, à la lumière, être diamantée.
Souvent il se réveille, et, gai comme un pinson,
Il chante au savetier une vieille chanson ;
Et le vieux abandonne alors sa rêverie ;
Il fredonne en sourdine, et l'on croirait qu'il prie ;
La voix du sansonnet lui donne de l'entrain :
L'homme dit le couplet et l'oiseau le refrain.

### LE SANSONNET.

Travaille, bonhomme, travaille !
Il faut des graines pour mon bec.
Travaille, bonhomme, travaille !
La nuit, couche-toi sur ta paille,
Le jour, pleure sur ton pain sec.

### LE PÈRE MARTIN.

Le brave homme est un homme rare,
Son cœur est bon, ses yeux sont doux ;
La nature en est trop avare,
Dieu l'isole au milieu de nous.
Le travail, voilà sa science,
Et le travail durcit sa main ;
Il est armé de patience
Et marche droit dans son chemin.

### LE SANSONNET.

Travaille, bonhomme, travaille !
Il faut des graines pour mon bec.
Travaille, bonhomme, travaille !
La nuit, couche-toi sur ta paille,
Le jour, pleure sur ton pain sec.

### LE PÈRE MARTIN.

Il vit avec les prolétaires,
Et loge au-dessous du grenier ;
Puis il partage avec ses frères
Son pain, son gîte et son denier.
Comme l'eau pure de la source
Qui vient s'offrir au voyageur,
Franchement il ouvre sa bourse
Aussi bien qu'il ouvre son cœur.

## LE SANSONNET.

Travaille, bonhomme, travaille !
Il faut des graines pour mon bec.
Travaille, bonhomme, travaille !
La nuit, couche-toi sur ta paille,
Le jour, pleure sur ton pain sec.

## LE PÈRE MARTIN.

Il ne sait pas baisser la tête
Devant les grands, comme un vilain,
Et dans sa barbe de prophète
Il cache un sourire malin.
Il n'a jamais un mot qui blesse
La pudeur, la virginité.
Il pardonne à toute faiblesse,
Son cœur est plein de charité.

## LE SANSONNET.

Travaille, bonhomme, travaille !
Il faut des graines pour mon bec.
Travaille, bonhomme, travaille !
La nuit, couche-toi sur ta paille,
Le jour, pleure sur ton pain sec.

## LE PÈRE MARTIN.

Il est fier, ses mœurs sont austères ;
Il méprise la vanité ;

Il plaint les femmes adultères;
Il admire la chasteté;
Il sourit de l'impertinence
Des grands qui marchent triomphants;
Mais il adore l'innocence,
Et la baise au front des enfants!

## LE SANSONNET.

Travaille, bonhomme, travaille!
Il faut des graines pour mon bec.
Travaille, bonhomme, travaille!
La nuit, couche-toi sur ta paille,
Le jour, pleure sur ton pain sec.


Un jour un corbillard roulait vers Montparnasse;
Il emportait Martin, le vaillant travailleur;
Dans le champ du repos on lui creusa sa place...
Et l'oiseau familier s'éteignit de langueur.

## OU VONT MES RÊVES

Mes rêves d'or s'en vont, comme un essaim d'abeilles,
Dans les bois, dans les prés où glisse un filet d'eau,
    Sur les pêchers aux fleurs vermeilles,
    Sur l'aubépine et le bouleau.
Allez, rêves chéris! courez, volez sans cesse
    Des bluets à l'épi doré,
    Et rapportez de ma jeunesse
    L'illusion enchanteresse
    Qui verse au cœur le miel ambré.

    Dans les prés, sur les grèves,
    Dans les bois, sur les monts,
      Tout n'est que rêves :
      Amis, rêvons!

Mes rêves bleus s'en vont, pauvres oiseaux sauvages.
Par delà ces grands monts, par delà ces forêts;
    Ils vont chercher d'autres rivages
    Et la source aux ombrages frais.
Allez, ô voyageurs! au delà des frontières
    Où le canon résonne encor,

Pour voir là-bas, sur d'autres terres,
Si les hommes s'aiment en frères .
Et font avancer l'âge d'or.

Dans les prés, sur les grèves,
Dans les bois, sur les monts,
Tout n'est que rêves :
Amis, rêvons !

Mes rêves bruns s'en vont, comme les rouges-gorges,
Près du chaume enfumé que la neige a couvert,
Se chauffant l'aile au feu des forges,
Plus bleu lorsque souffle l'hiver.
Volez, oiseaux frileux, où l'onde se condense
En barrant l'aile du moulin,
Et voyez si la Providence
Fera pousser en abondance
Les blés, les vignes et le lin.

Dans les prés, sur les grèves,
Dans les bois, sur les monts,
Tout n'est que rêves :
Amis, rêvons !

Mes rêves noirs s'en vont, ainsi que des corneilles,
Sur le toit vermoulu des greniers lézardés,
Où sans feu grelottent les vieilles
Sous des jupons raccommodés.

Messagers de la mort, que votre aile d'ébène
    Sur leur front s'ouvre en éventail;
    Vieillesse pauvre a trop de peine :
    Délivrez l'âme plébéienne
    D'un corps usé par le travail.


      Dans les prés, sur les grèves,
      Dans les bois, sur les monts,
        Tout n'est que rêves :
        Amis, rêvons !


Mes rêves blancs s'en vont, ainsi que des colombes,
Parmi les noirs cyprès et les saules pleureurs;
    Ils vont s'abattre sur les tombes
    Où l'on ne verse plus de pleurs.
Allez, mes blancs oiseaux, messagers d'espérance,
    Sur les tombeaux abandonnés,
    Et voyez si l'âme en souffrance
    S'envole, après sa délivrance,
    Vers des mondes plus fortunés.


      Dans les prés, sur les grèves,
      Dans les bois, sur les monts,
        Tout n'est que rêves :
        Amis, rêvons !

## LA VIERGE AUX ÉPIS

Dans un sentier plein d'épines-vinettes,
Où pépiaient les moineaux querelleurs,
J'allais sifflant les bouvreuils, les fauvettes,
Par un matin où l'herbe était en pleurs,
Lorsque je vis, au bord d'une prairie
Où le bouleau tremblait au vent du ciel,
Une péri, de pervenches fleurie,
Aux yeux d'azur, comme ceux de Marie,
    Aux cheveux blonds comme le miel.

Ses beaux pieds nus à la teinte rosée,
Rasant les prés sans troubler les grillons,
Étaient perlés de gouttes de rosée
Et voltigeaient comme deux papillons.
Le pampre brun ornait sa chevelure,
De lourds épis frissonnaient dans sa main.
A son aspect, l'immortelle nature
Éparpillait la mousse, la verdure
    Et les iris sur son chemin.

Les peupliers, ces lyres éoliques
Où le vent chante et pleure tour à tour,
Pour elle avaient des voix mélancoliques,
De doux soupirs et des hymnes d'amour,
Le rossignol, ainsi que la calandre,
Qui va baigner ses ailes dans le ciel,
En la voyant, soudain faisaient entendre
Leur voix suave, harmonieuse et tendre,
    Modulée au rhythme éternel.

Sur le coteau, dans le vallon, la plaine,
Au sein des eaux, dans les airs, dans les bois,
Tout respirait sa fécondante haleine,
Pour la chanter tout n'avait qu'une voix.
C'est qu'Irisis est la vierge immortelle.
Son frais sourire était si gracieux !
Ses mains étaient blanches comme une agnelle,
Comme le lait qu'un jour de sa mamelle
    Junon fit pleuvoir dans les cieux.

Les blés poussaient, et leurs tiges fluettes
Se balançaient au souffle d'un air pur,
Et dans les flots de leurs blondes aigrettes
Brillaient des fleurs et de pourpre et d'azur.
L'arbre fruitier montrait à chaque branche
Son vert feuillage et son fruit savoureux ;
Sur la colline où le soleil se penche,
De lourds raisins la grappe noire et blanche
    Faisait ployer le cep noueux.

Mais Irisis au loin s'en est allée !
Fille de Dieu, dis, quand reviendras-tu
Semer d'épis notre sombre vallée,
Où le noyer de deuil s'est revêtu ?
Viens, nous avons besoin de ta présence :
Le loup vorace emporte nos agneaux ;
Au vent du nord le ruisseau se condense ;
Belle Irisis, ramène l'abondance
    Et fais reverdir nos coteaux !

## XLVIII

## ELVINA

Je sais une fleur blanche et rose
Cachée à l'ombre des buissons ;
Dans un air pur elle est éclose,
Au-dessous d'un nid de pinsons ;
Sur sa corolle virginale,
Faite d'or et de satin blanc,
L'aurore fraîche et matinale
Jette ses perles en tremblant.

Cette fleur parfumée et belle
   Que le ciel couronna,
     Elle s'appelle
      Elvina !

Cette fleur douce est une fille
Dont l'œil noir plonge à l'horizon ;
Elle sourit, passe l'aiguille,
Le soir, au seuil de sa maison ;
Près d'elle sa mère est assise,
Elles font maint rêve charmant,
Rêve que l'aile de la brise
Mêle à l'azur du firmament.

Cette fleur parfumée et belle
   Que le ciel couronna,
     Elle s'appelle
      Elvina !

L'air de Paris, qui flétrit l'âme,
N'a point passé sur cette fleur,
Et cette enfant, qui sera femme,
Dans un regard montre son cœur :
Comme au fond d'une source claire,
Où glisse un rayon argenté,
On voit que son âme s'éclaire
Au feu de la Divinité !

Cette fleur parfumée et belle
   Que le ciel couronna,
     Elle s'appelle
      Elvina !

Elle est timide, aimante et bonne ;
On voit les oiseaux accourir
Quand sa petite main leur donne
Un peu de pain pour les nourrir.
Ah ! puisqu'elle est si bonne fille,
Elle sera, j'en suis certain,
Heureuse mère de famille :
Dieu veillera sur son destin.

Cette fleur parfumée et belle
   Que le ciel couronna,
     Elle s'appelle
      Elvina !...

## XLIX

## LA FÉE ULINE

Uline est une jeune fée
Qui possède plus d'un trésor ;
A sa ceinture est agrafée
Une mignonnette clef d'or.

Son char est fait d'un noyau de cerise ;
Un fil d'argent lui sert d'essieu ;
Ses coursiers, qui fendent la brise,
Sont quatre bêtes du bon Dieu.
Elle a pour baguette l'antenne
D'un beau papillon de saphir.
Sa course rapide et lointaine
Essouffle le zéphir !...

Elle a, dit-on, dans l'aile d'un phalène
Taillé sa robe et son mouchoir ;
Pour peigner ses cheveux d'ébène
L'œil d'une mouche est son miroir ;
Jamais elle ne se repose,
Sans bruit elle rase le sol,
Et la moindre feuille de rose
Lui sert de parasol.

Où s'en va donc ainsi la fée Uline
A travers les champs, les cités ?

— Elle va bercer l'orpheline
Et calmer les déshérités.
La fée Uline est l'espérance
Qui met des rayons sur le deuil,
Et sa clef d'or ouvre en silence
Les huis du pauvre seuil.

Souvent à pied, souvent elle chemine
Et va visiter les greniers,
Les bûcherons de la chaumine,
Surtout les pauvres prisonniers;
Mais il est certaine demeure
Où l'on n'entend jamais ses chants,
Uline sourit, quand on pleure
Sous le toit des méchants.

Sur l'escabelle où s'assied l'indigence,
Sa main éparpille des fleurs :
Toujours elle fait diligence
Quand il faut essuyer des pleurs;
Ces pleurs, en tombant sur son voile,
Se changent en gouttes de miel,
Et sur les rayons d'une étoile
Ils s'envolent au ciel !

Uline est une jeune fée
Qui possède plus d'un trésor,
A sa ceinture est agrafée
Une mignonnette clef d'or.

## L

## LA VIERGE AU RAMEAU D'OLIVIER

### I

Elle habite et régit la planète Saturne ;
Elle descend parfois dans notre monde obscur ;
Elle est calme, sereine, et chausse le cothurne ;
Par une agrafe d'or, sa chlamyde d'azur
Est fixée à l'épaule, et sa tunique est blanche.
Dans ses cheveux cendrés, on voit une pervenche
Briller comme un saphir auprès d'un épi mùr !
On la nomme Nella. Sa bouche est souriante,
Et son œil réjouit le noble et le bouvier.
Sur notre globe étroit, c'est une vierge errante
Dont la droite balance un rameau d'olivier.

### II

La Guerre, l'œil en feu, tempes échevelées,
  Montait son grand cheval sans mors ;
Elle allait galopant, par monts et par vallées,
  Jetant les mourants sur les morts !

Elle courait, terrible et l'écume à la bouche,
    Au bruit des canons, des mousquets,
Et ses dents en grinçant déchiraient la cartouche
    Parmi les râles, les hoquets!
Son coursier noir lançait le feu par les narines,
    Dressait son col nerveux, puissant;
Ses sabots à gros clous martelaient les poitrines
    Et se rougissaient dans le sang!
Les pesants escadrons bondissaient pour la suivre;
    Les fusillades, les tambours,
Mêlaient leurs roulements aux cymbales de cuivre;
    Et les hommes tombaient toujours!
Ils tombaient bravement sous le fer, sous les balles,
    Sous les obus, les biscaïens,
Comme tombaient, aux temps des luttes colossales,
    Nos pères, soldats-citoyens!
Il fallait refouler au Nord la barbarie,
    Chasser tous ces ours, tous ces loups :
Chacun fit son devoir dans la grande tûrie,
    Ayant du sang jusqu'aux genoux!
Et l'on vit s'écrouler remparts, tours chancelantes,
    Et les vautours au sombre vol
Accourir à l'odeur de ces chairs pantelantes
    Qui fumaient chaudes sur le sol!
Et l'on vit, regagnant sa tanière neigeuse,
    D'un pied boiteux, s'enfuir l'ours blanc,
Avec les crocs brisés, la mâchoire écumeuse,
    Avec un coup d'épée au flanc!

Et Dieu dit à la Paix : Va donc! sur cette terre
  Assez de morts, assez de sang !
Dis, de ta douce voix, au canon de se taire,
  Il va se taire obéissant.
Ensevelis ces morts : ils sont frappés en face.
  Sur eux les champs refleuriront;
Dans un de mes soleils qui brillent dans l'espace
  Ces âmes se réveilleront !


Descends, blonde Nella, descends sur cette sphère
Qui roule en vagissant sous mes pieds dans les cieux;
Descends en te drapant de ta chlamyde austère,
Le front ceint d'épis mûrs et l'amour dans les yeux.


### III


Et la blonde Nella, relevant sa chlamyde,
Triste, les yeux baissés, rase d'un pas timide
Le sol couleur de pourpre et tout jonché de corps.
Après avoir baisé le front pâle des morts,
Elle jette sur eux le linceul militaire ;
Tuniques et guidons recouvrent ces corps froids
Qu'elle étend pour jamais dans le sein de la terre,
Où des lauriers jaunis seront plantés en croix.
Et le grand cheval noir que la Guerre éperonne
Retourne, déferré, dans son enfer profond !

## IV

Une goutte de sang vaut plus qu'une couronne ;
Cette perle est un monde, et l'amour est au fond.

Elles ont bien pleuré, toutes les pauvres mères !
Elles pleurent encor, Nella, regarde-les.
Oh ! vois ! ce ne sont pas des chagrins éphémères ;
Sous un brouillard de pleurs leurs yeux se sont voilés.
Elles ont bien pleuré, toutes les pauvres mères !
C'est que pendant vingt ans, et la nuit et le jour,
Elles couvaient des yeux le fruit de leur amour,
L'enfant qu'elles ont vu, créature si frêle,
Sourire et se suspendre à leur blanche mamelle.
C'est qu'on les aime trop en les voyant grandir,
C'est qu'on les pleure trop en les voyant partir !...
Oh ! quand la guerre vient dépeupler les chaumières,
Cela fend, voyez-vous, le pauvre cœur des mères !
Oh ! la guerre !... mon Dieu ! qui donc la détruira ?
Quand donc finirons-nous ces luttes insensées ?
Et de ces grands chaos quel amour surgira ?

Elles ont bien pleuré, les belles fiancées,
Les fiancés partis sur le sol étranger !
Tout leur cœur déborda !... Le bouquet d'oranger
S'est fané sous leurs pleurs, perles chaudes, brûlantes,
Qui flétrissent la joue et les yeux des amantes !
Elles avaient bâti, comme font aux beaux jours
Les oiseaux dans les champs, le nid de leurs amours,

Un nid d'illusions, une riche couvée
D'espérance dans l'œuf et vainement rêvée ;
Mais nulle n'éclora pour chanter sous les cieux.
Le serpent de la mort aux écailles glacées
Montra sa tête plate au bord du nid joyeux...
Elles ont bien pleuré, les belles fiancées !


Nella, reste avec nous, ô vierge de la paix !
Viens laver tout ce sang, plante, au centre du monde,
Ta branche d'olivier : la séve en est féconde,
Dieu la fera grandir. Dans son feuillage épais
On entendra chanter la grande symphonie
De l'amour, du travail !... Sous la voûte infinie,
Ses rameaux merveilleux croissant en liberté,
Un jour abriteront toute l'humanité !...

## LI

## LE PRINTEMPS

A l'horizon, voyez cette hirondelle :
L'hiver s'enfuit, effrayé par ses chants,
Et le printemps la suit à tire-d'aile ;
Déjà son souffle a reverdi nos champs.
Il va bientôt répandre ses corbeilles,
Où les lilas aux roses sont mêlés ;
Mets dans les fleurs du miel pour les abeilles,
Printemps qu'on aime, et fais grandir les blés.

Voici le temps où tout jase, où tout chante,
Où chaque brise emporte une chanson,
Où tout s'ébat d'espoir, palpite, enchante !
Dans les sentiers, dans l'herbe et le buisson,
Prête aux oiseaux des branches parfumées ;
Que dans leurs nids ils ne soient point troublés !
Porte aux cités des vapeurs embaumées,
Printemps qu'on aime, et fais grandir les blés.

Printemps joyeux, toi par qui tout respire,
Reverdis tout et mets partout des fleurs ;
Le pain est cher et le peuple soupire,
Soupirs profonds qui vont chercher des pleurs.

Son cœur contient le fiel de la souffrance ;
Par la douleur ses bras sont accablés ;
Mets dans ses yeux un rayon d'espérance,
Printemps qu'on aime, et fais grandir les blés.

Le grand foyer va réchauffer la terre,
A sa chaleur tout va se ranimer ;
Prends-en ta part, ô pauvre prolétaire !
Car c'est pour tous que Dieu dut l'allumer !
Bonne saison ! c'est le ciel qui t'envoie :
Que par tes dons nous soyons tous comblés !
Porte aux heureux les amours et la joie,
Printemps qu'on aime, et fais grandir les blés.

Saison joyeuse, en faisant tout renaître,
Prépare aux fruits l'arome et la saveur ;
De l'artisan fais fleurir la fenètre,
De rayons d'or baigne son front rêveur ;
Fais qu'une voix chante en toutes les âmes,
Que sur les prés les sylphes rassemblés
Dansent devant nos enfants et nos femmes,
Printemps qu'on aime. et fais grandir les blés.

## LII

## LA VIERGE AUX FLEURS

Dans son char de lilas traîné par des abeilles,
Voyez-vous accourir la reine des merveilles,
Marcelle Balzamis, la fille du printemps ?
Sa main tient un rameau d'aubépine étoilée.
Marcelle Balzamis, la vierge immaculée,
Est jeune comme Dieu, vieille comme le temps.

Plus belle que Psyché, dont Vénus fut jalouse,
Ses pieds ont pour tapis la naissante pelouse
Qui verdit dans son char comme du fin velours.
Dans ses cheveux dorés quand la brise se joue,
Des sylphes printaniers viennent baiser sa joue
Pour la remercier d'amener les beaux jours.

L'hiver à son aspect va regagner les pôles ;
Son manteau de frimas tombe de ses épaules.
Il sent fondre en ses mains sa barbe de glaçons.
C'est que la vierge aux fleurs rend tout à la nature :
Le génie au poëte, au ruisseau le murmure,
Les feuilles au tilleul, aux oiseaux leurs chansons.

Elle vient, tout renaît!... Les campagnes sont vertes;
La joie épanouit les lèvres entr'ouvertes;
Dans l'arbre et le buisson l'oiseau bâtit son nid;
L'image de la mort nous cache son squelette;
Le souffle de Marcelle ouvre la violette
Et met la giroflée aux fentes du granit.


C'est le temps des beaux jours et des fraîches ondées,
Des suaves désirs et des vagues idées;
C'est le temps où tout sort d'un triste et long sommeil;
La saison où la terre, en sa robe fleurie,
Comme une épouse chaste et sans coquetterie,
S'épanouit heureuse aux baisers du soleil.


Quand Marcelle sourit, chaque être se réveille,
La fleur pour enivrer et parfumer l'abeille,
Le papillon pourpré pour nager dans l'azur,
Le lézard pour montrer son casque d'émeraude
Au travers d'un lichen, de qui la teinte chaude
Redonne un peu de vie au débris d'un vieux mur.


La séve se dilate et circule avec force
Dans le moindre brin d'herbe et sous la rude écorce
Du chêne séculaire et pourtant jeune encor;
Le sang bouillonne et court dans les veines de l'homme,
Dans celles du lion, de la bête de somme,
Dans celles de l'insecte ouvrant ses ailes d'or.

C'est l'époque où, suivant sa route planétaire,
L'esprit vivifiant vient caresser la terre
Et la fait tressaillir à son souffle divin.
C'est le temps où la brise aux suaves haleines
Fait reverdir les monts, fait ondoyer les plaines,
Où tout s'anime et brille aux lueurs du matin.


Nous, dont l'œil réfléchit une immortelle flamme,
Dont les sens incomplets se complètent par l'âme,
L'âme, ce grand miroir plein du reflet de Dieu,
Savourons de ce monde, où règne l'égoïsme,
Tout ce qu'on y peut voir au travers d'un doux prisme,
Tous ses parfums avant notre éternel adieu!...


Allons, bonne Marcelle, on aime ta présence,
Reverdis chaque jour notre pauvre existence :
Notre cœur est un vase où coule un flot vermeil ;
Remplis-le jusqu'au bord... Le vin de la jeunesse
Dans nos veines circule : ô jeune enchanteresse !
Viens à nous, le front ceint des rayons du soleil.


Sème sur nos chemins lilas et primevères,
Fais revivre la voix des bardes, des trouvères,
Réveille dans les champs l'orchestre du buisson ;
Que tout chante et sourie à ta présence aimée !
La terre a déjà mis sa robe parfumée,
Déjà le rossignol jette au ciel sa chanson.

Rajeunis pour toujours cette vieille nature ;

Dis-nous, en secouant ta blonde chevelure,

D'où tombent, le matin, la rosée et les fleurs ;

Dis-nous, bonne Marcelle, en déchirant tes voiles,

Si tu règnes là-haut dans ces groupes d'étoiles,

Si tu dois nous conduire en des mondes meilleurs.

## PIERRE LE FORGERON

Notre grenier n'a ni brasier ni flamme,
　　Soufflons bien dans nos doigts,
　　　　Ma pauvre femme!
La glace, hélas! suspend plus d'une lame
　　Au bord des toits.

Dieu! qu'il fait froid! — le soleil se dérobe
Et jette ailleurs ses bienfaisants rayons. —
Cache tes mains dans les plis de ta robe,
Robe légère et qui tombe en haillons!
Cache-les bien, ma pauvre Marguerite :
Entends! le vent qui donne des frissons
Souffle au travers du toit qui nous abrite,
Et notre cruche est pleine de glaçons.

Ni pain, ni feu!... pourtant j'ai du courage!
Pas de travail!... et deux bras vigoureux!
Ne pas pouvoir me garer du chômage
Qui vient rouiller mes outils... c'est affreux !
Je ne vois plus sous mon marteau sonore
Jaillir du fer un pétillant soleil,
Et mon oreille au lever de l'aurore
N'écoute plus l'oiseau chante-réveil.

13

Femme, entends-tu cette voix métallique ?
C'est le voisin qui compte son trésor.
Pour ce Malthus, naguère famélique,
Notre sueur se change en gouttes d'or.
Son nouveau-né, qu'il appelle son ange,
Pour se nourrir a deux seins abondants ;
De fins tissus on recouvre son lange,
Des hochets d'or sont tout prêts pour ses dents !

Enfant heureux !... Femme, le nôtre crie...
Le pauvre enfant !... il a plus froid que nous ;
Sa couche est moite et sa paille est flétrie...
Pour l'endormir, prends-le sur tes genoux ;
Vite, offre-lui ta source nourricière
Pour apaiser ses poignantes douleurs...
Mais dans tes yeux qu'ai-je lu ?... pauvre mère !
Pour l'abreuver tu n'as plus que tes pleurs !...

Quoi ! pour glaner où le riche moissonne,
Il faut voler ou bien tendre la main ?...
Je ne veux rien dérober à personne,
Je ne veux pas rougir sur mon chemin !
Plutôt la mort qu'une telle infamie !
Au travail seul je veux devoir mon pain,
Ou m'endormir avec ma pauvre amie,
Tous deux couverts de planches de sapin.

Pitié!... mon Dieu, voyez!... notre enfant pleure!...
Le froid aigu roidit ses petits bras;
Son dernier cri s'éteindra tout à l'heure...
Il meurt!... tant mieux!... Femme, ne pleure pas.
Vois-tu... ce monde est un grand ossuaire,
Il ne vaut pas un regret, tu le vois :
Prends notre enfant... sois son lit mortuaire,
Enlaçons-nous et mourons tous les trois...


Le vent du nord redoubla de furie :
Traversant tout, langes et bourgeron,
Dans ces trois corps il éteignit la vie
Et délivra Pierre le forgeron.
Cette nuit-là, qui prit trois belles âmes,
Un bal dansait chez l'homme aux pièces d'or...
Pas une fleur, dans les cheveux des dames,
Ne s'effeuilla sous le souffle du nord.


La charité, l'aumône et son escorte,
Le lendemain, marchant à petits pas,
D'un doigt pieux ouvrirent l'humble porte :
— Il est trop tard!... les morts ne mangent pas! —
Dit une voix qui partait de la terre
Comme un bruit sourd d'une trompe d'airain.
Depuis ce temps, las! plus d'un prolétaire
Dans son taudis répète ce refrain :

Notre grenier n'a ni brasier ni flamme,
 Soufflons bien dans nos doigts,
  Ma pauvre femme!
La glace, hélas! suspend plus d'une lame
  Au bord des toits.

## LA BERCEUSE

Dans le buisson dort la fauvette,
       Dodelinette,
La mésange sur le bouleau,
       Dodelino;
L'enfant s'endort dans son berceau,
       Et la fleurette
       Au bord de l'eau,
       Dodelinette,
       Dodelino !


L'enfant qui dort voit de bien belles choses :
Il voit le ciel semé de fleurs d'argent;
    Il voit des lis, il voit des roses,
    Des poissons d'or qui vont nageant;
    Il a des bottes de sept lieues
    Pour courir après des oiseaux,
    De qui les grandes ailes bleues
    Rasent les prés, rasent les eaux.


Quand l'enfant dort, les lèvres entr'ouvertes,
Un amandier ombrage son berceau;
    Il entend sur les branches vertes
    Chanter un tout petit oiseau;

Puis il voit se pencher un ange
Aux ailes couleur d'arc-en-ciel,
Qui vient le bercer dans son lange
Et lui faire boire du miel.


Si l'enfant dort, le sourire à la bouche,
Si ses yeux bleus ne versent pas de pleurs,
Une main chassera la mouche
Qui prend ses lèvres pour des fleurs ;
S'il dort en paix, sur son doux somme,
Pendant la nuit Dieu veillera...
Un jour l'enfant sera jeune homme,
Beau jeune homme qu'on aimera.


Il devient homme, et maintenant il songe
A ses enfants, à la réalité ;
Adieu chimère, adieu mensonge,
Tout fuit comme un beau jour d'été.
Il faut semer, quand vient l'automne,
Seigle, froment et sarrasin,
Et faire couler dans la tonne
Les flots de pourpre du raisin.


Lorsque l'hiver viendra mettre des franges
Et des réseaux de givre au bord des toits,
Il battra le blé dans les granges,
Le travail réchauffe les doigts.

En homme il remplira sa tâche ;
Aux champs il restera toujours ;
Il lèvera son front sans tache,
Et n'aura jamais deux amours.

Au voyageur que la fatigue accable,
Au malheureux qui ne sait que prier,
S'il offre une place à sa table,
Un escabeau près du foyer,
Tranquillement, dans sa chaumière,
Quand la mort fermera ses yeux,
Son âme sera plus légère
Pour prendre son vol vers les cieux.

Dans le buisson dort la fauvette,
        Dodelinette,
La mésange sur le bouleau,
        Dodelino ;
L'enfant s'endort dans son berceau,
        Et la fleurette
        Au bord de l'eau,
        Dodelinette,
        Dodelino !

## PHILOSOPHIE

L'hiver, quand le soleil, foyer de l'indigent,
A noyé ses rayons dans une épaisse brume,
Que la neige dans l'air sème sa blanche écume
Et tapisse le sol d'astérisques d'argent,
De buisson en buisson, fauvettes et mésanges
S'en vont cherchant des grains : les grains sont dans les granges,
Pas un seul brin de mousse et pas un bourgeon vert
Pour ces pauvres oiseaux : la neige a tout couvert !...
Ils s'en vont traînant l'aile et demandant à vivre ;
Dans leurs gémissements on devine des pleurs ;
Du haut de leurs perchoirs, tout festonnés de givre,
Ils regardent le ciel d'un œil plein de douleurs.
Leurs cris sont déchirants, mais ils n'ont pas de haine :
Ils savent que demain, dans l'arbre et le buisson,
Un rayon de soleil fera surgir la graine
Qui leur rendra la vie ainsi que leur chanson.
Artiste malheureux, plein de rêves étranges,
De généreux élans, sois comme les mésanges :
Ne maudis pas le ciel, brave l'adversité,
Les rigueurs de janvier, la faim et la misère ;
Marche droit, sois honnête, aime la vérité,
Et bientôt tu verras un doux rayon solaire

Fondre dans ton chemin les neiges du malheur,
Et redonner la vie et la paix à ton cœur !...
La misère en haillons est une affreuse vieille,
Édentée et boiteuse, à l'œil creux... et qui veille !...
Elle va niant tout, et la terre et le ciel ;
Elle a dans la poitrine une amphore de fiel,
De larmes et de sang, qui coule par sa lèvre !
Ah ! ne l'écoute pas, sa voix donne la fièvre !
Si Dieu nous a placés dans un chemin fangeux,
Sans nous salir les pieds rasons la boue immonde :
Les hommes sont méchants, perfides, ombrageux ?
Ne méprisons jamais les hommes et le monde !
L'homme qui sait aimer chemine vers les cieux.
Parmi les cœurs étroits et les âmes rugueuses,
S'il se trouve un bon cœur, des âmes généreuses,
En faveur de ceux-là qui nous rendent heureux,
Poëtes, absolvons les âmes gangrenées.
Quand les prés sont flétris et les feuilles fanées,
Il suffit d'une fleur douce et pleine de miel
Pour faire croire encore à l'amour éternel,
Aux rayons du printemps, au regard de la femme,
A tant d'illusions qui font chanter notre âme,
A ce frais paradis d'où l'espoir s'exila.
Aimer, se faire aimer, toute la vie est là !
Vous le savez bien, vous, type de l'honnête homme,
Qui semez les bienfaits en cachant votre main ;
Vous savez que haïr fait du mal, et qu'en somme
Il vaut mieux pardonner à tout le genre humain

Que de se renfermer dans un froid égoïsme.
La vertu qui se cache est belle d'héroïsme
Et d'abnégation : et vous la possédez.
Charité fraternelle ! urne toujours penchée,
Tu ressembles au Nil, dont la source cachée
Fertilise les champs de ses flots inondés.
Vous savez tout cela, cher Édouard, âme heureuse !...
Le bonheur qu'on répand d'une main généreuse
Change les pleurs en joie, en velours les haillons ;
Ce sont les grains de blé jetés dans les sillons,
Il en sort des épis, même pour la glaneuse ;
Il en sort des bluets, astres bleus en plein jour ;
Il s'y cache des nids pleins de chansons d'amour !
Puis de ces blés alors il s'exhale une essence
Qui remonte en flots purs parfumer le semeur.
Diamants de l'esprit, trésor de la science,
Vous ne vaudrez jamais cette céleste fleur
Qui plante sa racine en notre conscience,
Et que l'homme de bien sent éclore en son cœur !

## LA VIERGE AUX JOUJOUX

I

Mes bons petits amis, il faut que je vous dise
    Que je suis la vierge aux joujoux;
J'ai dans mon sac moiré plus d'une friandise,
    Et des jouets, de vrais bijoux!...

Venez autour de moi, petites bandes roses
    Qui reflétez la vie en fleurs;
Venez, je vous dirai de ravissantes choses,
    Qui chassent toutes les douleurs.

Venez, petits garçons, venez, petites filles,
    Avec vos minois chiffonnés;
Vous qui faites si bien le bonheur des familles
    Par vos rires instantanés.

Venez, mes chérubins, le jour de l'an approche :
    Ce jour est le père des jours;
Heureux qui le voit naître et se croit sans reproche;
    Car la honte dure toujours!

Mais vous êtes enfants et je vous parle en homme ;
    Je ne veux plus philosopher ;
A quoi bon ?... c'est la vierge aux joujoux qu'on me nomme ;
    Qu'ai-je besoin de m'attifer ?


On sait bien que je porte en cercle, à ma ceinture,
    Tous les hochets du jour de l'an,
Afin de réjouir la faible créature
    Qui tâte encor son pas tremblant.


Invisible je marche, et jamais par la fange
    Mes pieds blancs ne sont maculés ;
Mon éventaire, fait avec deux ailes d'ange,
    Porte des jouets étalés.


Enfants, réveillez-vous ; l'aurore matinale
    Ouvre au ciel ses gerbes de feux ;
Vous choisirez, parmi les trésors que j'étale,
    Ce qui convient mieux à vos jeux.


II


    Petite fille sérieuse,
    Viens ici, mon ange adoré,
    Toi qui me parais studieuse,
    Tiens, prends ce beau livre doré.

Petit garçon au frais visage,
Toi qui sembles prédestiné
A nous peindre le paysage,
Prends cet album enluminé.

Toi qui, sous les yeux de ta mère,
Brodes d'un doigt intelligent,
Prends-moi ce petit nécessaire
Où sont de beaux ciseaux d'argent !

Toi qu'en vain le maître sermonne,
Toi qui ne te plais qu'à scier,
Sois travailleur, tiens, je te donne
Un établi de menuisier.

Toi qui sembles préoccupée
Et fais la petite maman,
A toi cette belle poupée
Qui te sourit d'un air charmant.

Toi de qui la mémoire heureuse
Vers la musique tend son vol,
Prends cette flûte harmonieuse
Pour imiter le rossignol.

Toi qui d'un linge blanc sans cesse
Voudrais effacer chaque pli,
Toi qui méprises la paresse,
Prends ces fers en acier poli.

Petit tapageur, prends ce sabre,
Ce tambour et ce grand dada ;
Tiens, regarde comme il se cabre
Entre les jambes d'un soldat.


### III


Mes bons petits amis, livrez-vous à l'étude,
Et je vous donnerai, selon votre aptitude ;
Car, ainsi que Jésus, j'adore les enfants.
Et si de charité vos jeunes cœurs sont ivres,
Je vous apporterai des hochets et des livres
　　　D'après vos goûts et vos penchants ..
　　　Je ne donne rien aux méchants !

## LVII

## UNE MÈRE QUI PLEURE

La guerre a pris mon bâton de vieillesse
　　Et l'a brisé dans sa fureur;
Jusqu'au tombeau je répandrai sans cesse
　　Toutes les larmes de mon cœur!...

　　Moi, je n'avais que toi, mon Jacques!
　　Toi seul étais tous mes amours!
　　A cette heure, auprès des Cosaques,
　　Tes yeux sont fermés pour toujours!
　　Ces yeux que mes lèvres de mère
　　Baisaient avec tant de bonheur,
　　Jacques, ne pourront plus sous terre,
　　Hélas! pleurer de ma douleur!

　　Le jour où tu vis la lumière,
　　Un homme noir entra chez nous!
　　On avait cloué dans la bière
　　Ton père : — il travaillait pour tous! —
　　Il partit sans voir ton sourire,
　　Ignorant quel serait ton sort;
　　Me laissant là, dans le délire,
　　Entre la naissance et la mort!

14

Tu me retins à l'existence,
Et je te nourris de mon lait.
Je bénissais la Providence :
Elle t'avait formé complet.
Tu grandissais sous mes caresses,
Enfant, que tu me rendais bien ;
Et quand j'avais quelques tristesses,
Ton œil interrogeait le mien.

Tu travaillais avec courage,
Des bras et du cœur tu m'aidais !
Chaque soir, après ton ouvrage,
Tu lisais haut, je t'écoutais :
Le chômage, clou de misère,
Un jour accrocha tes outils ;
Tu vis pleurer ta pauvre mère,
Tu devins triste et tu partis.

On allait vendre ta masure
Et ton jardin — mon paradis —
Pour payer mes dettes, l'usure !...
Toi, mon Jacques, tu te vendis !...
Le monsieur dont tu pris la place
A la guerre... dans le tombeau !
Devant moi sur son cheval passe,
Sans me lever son beau chapeau.

Quand la guerre, fléau funeste,
Vient s'abattre sur le pays,
Le jeune part, la vieille reste
Triste, seule, pleurant son fils !
Les rois aiment le bruit des armes,
Leur couronne veut des fleurons !
Ah ! c'est qu'ils ignorent les larmes,
O mon Dieu ! que nous répandrons !...


La guerre a pris mon bâton de vieillesse
Et l'a brisé dans sa fureur;
Jusqu'au tombeau je répandrai sans cesse
Toutes les larmes de mon cœur !...

## LVIII

## LA VIERGE DE LA CHARITÉ

I

La voyez-vous passer, pauvre ange de la terre,
Fanant ses traits divins au contact délétère
Des lieux où vient souffler le typhus redouté ?
Elle accourt, et son cœur, plein de miséricorde,
Verse dans tous les cœurs, d'où la haine déborde,
      Le baume de la charité.

Dans les champs où les rois se sont livré bataille,
Terribles échiquiers où gronde la mitraille,
Blanche suit les soldats ou vaincus ou vainqueurs ;
Et là, près des mourants, à genoux, accroupie,
Ses doigts sur la blessure appliquent la charpie
      Où l'on voit s'égoutter ses pleurs.

Du manœuvre tombé de son échafaudage,
Ce soldat pacifique au cœur plein de courage,
Qui tache le pavé de son sang précieux,
Elle panse le front, referme la blessure,
Et va porter du pain dans sa pauvre masure,
Où son enfant chétif s'amuse insoucieux.

Quand un homme affamé, silencieux Tantale,
Tombe d'épuisement devant l'or qu'on étale,
N'ayant jamais songé qu'on pût tendre la main,
Blanche apparaît soudain, elle verse elle-même
Le vin réparateur sur cette lèvre blème
Et va quêter pour lui de l'argent et du pain.

Au voyageur forain qui chemine et colporte
Sa pacotille au bourg, vite elle ouvre sa porte
Et sa huche, où jamais ne manque le pain bis;
Aux petits Savoisiens, tout barbouillés de suie,
Elle offre un escabeau, les lave, les essuie,
Chausse leurs pieds gercés et recoud leurs habits.

Pas de gémissements sans qu'elle n'y réponde.
A la femme du pauvre et qui va mettre au monde
Un malheureux de plus, que l'on n'attendait pas,
Elle apporte des draps, une layette, et couche
Elle-même l'enfant dans une blanche couche,
Après l'avoir bercé, caressé dans ses bras.

Elle est infatigable; elle marche à toute heure
De la nuit et du jour; et dès qu'une voix pleure
Sous le comble fétide ou le chaume attristé,
Promptement elle vient. Aussi quand Blanche passe,
Chaque front se découvre, et l'on nomme à voix basse
La vierge de la charité!

## II

Or, de sa mission divine,
Écoutez, voici l'origine :

## III

Qu'as-tu, Blanche? ton front s'incline soucieux,
Tes soupirs sont profonds ; ta poitrine oppressée
Et se lève et s'abaisse ; une triste pensée
Fait briller, chère enfant, des larmes dans tes yeux !
As-tu, par les chemins, trouvé l'enchanteresse,
La vierge au voile blanc qu'adore la jeunesse,
La vierge qui se fait un cortége d'amours?...
L'aurais-tu rencontrée au fond de l'avenue,
Le front ceint de muguets?... Si tu ne l'as point vue,
Pourquoi ces longs soupirs, toi qui riais toujours?
On ne doit point avoir de secrets pour sa mère ;
Penche-toi sur mon sein et raconte-moi tout;
Il ne faut rien omettre, et dire jusqu'au bout
Ce qui met dans tes yeux cette rosée amère.
Blanche, ne suis-je pas et ta mère et ta sœur?
Voyons, ne pleure plus, ma mignonne chérie,
J'essuîrai d'un baiser les perles de ton cœur.
— Hier, hélas! j'errais au fond de la prairie,
Là-bas, loin du château, berçant ma rêverie

Tout en cueillant des fleurs, fredonnant ma chanson,
Qui se mêlait joyeuse à celle du pinson.
Le soleil était doux, la brise humide et douce ;
Tout chantait : le berger dans le val embaumé,
Le plaisir dans mon cœur et l'oiseau dans la mousse ;
De tout ce que Dieu fait mon cœur était charmé.
Je le remerciais du profond de mon âme
De verser ici-bas la vie et le bonheur ;
Je le remerciais... car j'ignorais le drame
Que jouaient près de moi la mort et la douleur.
Au détour du sentier qui mène à la rivière,
Je vis un innocent couché sous un buisson,
L'enfant d'un bohémien, un tout petit garçon.
En me voyant venir, il m'appela sa mère !
Oui, l'enfant de ces gens qui battent les chemins,
En pleurant me tendit ses deux petites mains.
Il avait les pieds nus et tout souillés de boue,
Son visage était pâle, amaigri, souffreteux ;
Les pleurs avaient laissé des traces sur sa joue ;
Des brins de foin, de paille, emmêlaient ses cheveux,
Et ses haillons frangés montraient des places nues.
Je le pris dans mes bras... il était si léger !
— J'ai bien faim ! me dit-il ; je voudrais bien manger ! —
Ces souffrances, mon Dieu ! ne m'étaient point connues ;
Mais ce mot, dit si bas, me fit saigner le cœur !
Je le porte bien vite à la ferme voisine.
Chemin faisant son front se couvre de pâleur,
Sa lèvre devient bleue... Ayez pitié, Seigneur !

Dis-je en passant le seuil de Jacque et Marceline ;
Ses membres sont glacés : Vite, du lait, du vin,
Vite, mes bons amis, donnez-moi quelque chose !
... Ils se dépêchent tous... mais, hélas! c'est en vain.
Sous les gouttes de lait sa bouche reste close ;
La mort l'avait scellée! et son âme, en partant,
Avait laissé sur elle un sourire insultant !


Mère, voilà pourquoi je soupire et je pleure ;
Voilà pourquoi, ma mère, à partir de cette heure,
Je ne veux plus songer au bonheur, à l'amour,
Ni désirer non plus d'être mère à mon tour.


Il est donc vrai, mon Dieu ! que vous mettez au monde
Des êtres sans appui qui naissent pour souffrir ?
Pauvres agneaux sans mère, aux prés où tout abonde,
Ne sachant point brouter, ils n'ont plus qu'à mourir !


Je suis heureuse, moi, j'ignore la famine ;
Tout me vient à souhait, je n'ai qu'à désirer :
Si le vent est trop froid, j'ai mon manchon d'hermine,
Et si le soleil brûle, afin de m'en garer,
Sous mes tilleuls en fleur je vais me retirer.


Non, non, plus de loisirs, de molle nonchalance,
Plus de rêves dorés que l'on berce en silence ;
Je veux savoir aussi ce que c'est que souffrir,
Oui, je veux voir les maux de près et les guérir !

Rubis et diamants pour moi n'ont plus de charmes :
Dans l'un, je vois du sang, et dans l'autre, des larmes !
Non, plus d'épingles d'or pour tenir mes cheveux,
De guipures à jour ni de velours soyeux.
Désormais je veux mettre une robe de bure,
Une cornette blanche, et pendre à ma ceinture
Un chapelet d'ébène au Christ en bois sculpté,
Pour répandre partout l'amour, la charité.

## IV

Sa mère l'approuva. Blanche tint sa parole ;
Chrétienne par le cœur, chrétienne par l'esprit,
De tous les malheureux elle devint l'idole,
Et n'eut qu'un fiancé : l'Homme-Dieu, Jésus-Christ !

## LIX

## TERCETS

Hélas! depuis longtemps, disaient de jeunes filles,
On n'entend plus, le soir, dans les vertes charmilles,
    Chanter le rossignol.

Sur un frais dahlia, dans le sein d'une rose,
Peut-être que, le bec sous son aile mi-close,
    Calme, il suspend son vol.

Mais non, les dahlias, les roses panachées,
De débris embaumés, de feuilles desséchées,
    Ont tapissé le sol.

Par les pleurs de la nuit la terre est arrosée,
Et la couronne d'or tombe avec la rosée
    Du front du tournesol.

Le rossignol se tait, la craintive hirondelle,
Là-bas, à l'horizon, s'enfuit à tire-d'aile :
    Voici venir l'hiver !

A peine si l'on voit les mésanges lutines
Sauter sur les buissons, veufs de leurs églantines,
    Où reste un flocon vert.

L'automne qui s'en va nous emporte une année !
De notre front joyeux c'est une fleur fanée
    Qui tombe aux flots du temps !

Mais comme ces oiseaux qui changent de rivage,
Notre âme trouvera sur l'éternelle plage
    Un éternel printemps !

## LX

## LA VIERGE DES HAMEAUX

Sur le velours de la prairie,
Voici venir Pàque fleurie,
Vierge éternelle des hameaux;
Elle a pour sceptre une églantine,
Pour trône une verte colline,
Et pour couronne des rameaux.


Elle sourit à tous les âges,
Sa main caresse les brebis;
Quand elle vient, bourgs et villages
Revêtent leurs plus beaux habits;
Les fronts, les cœurs, tout est en fête;
De l'église on prend le chemin,
Avec des rubans sur la tête,
Un rameau de buis à la main.


Filles, garçons, revenez vite
Sous votre toit patriarcal,
Suspendre la branche bénite
Qui chasse le démon du mal :

Qu'elle reste toute l'année,
Verte, au chevet de votre lit,
Afin que par la cheminée
Ne passe point l'esprit maudit.


Hâtez-vous donc, rieuses filles,
J'entends là-bas le violon;
Dansez et formez des quadrilles,
Le soleil luit sur le vallon;
Partout la séve printanière
Remonte aux arbres, aux buissons,
Les fleurs se baignent de lumière,
Les airs sont remplis de chansons.


Dansez, chantez, belle jeunesse!
Serrez les mains, croisez les pas,
Joignez les cœurs pleins de tendresse,
Le Ciel ne s'en fâchera pas.
A l'heure où tout se renouvelle,
Les cœurs doivent être joyeux,
La femme doit être plus belle
Et faire sourire ses yeux.


Dansez, chantez, puisque tout chante;
L'instrument du ménétrier
A pris sa voix la plus chantante,
Sous l'archet qui le fait crier.

Échangez de douces paroles :
Auprès de vous, assis en rond,
En admirant vos danses folles,
Vieilles et vieux applaudiront.


Sur le velours de la prairie,
Voici venir Pàque fleurie,
Vierge éternelle des hameaux ;
Elle a pour sceptre une églantine,
Pour trône une verte colline,
Et pour couronne des rameaux.

## LXI

# LA FÉE ET LE SEIGNEUR NANN

## I

Le seigneur Nann est heureux d'être au monde :
　　Sa femme a créé deux jumeaux,
　　Deux chérubins à tête blonde,
Deux fleurs d'avril qu'abritent deux rameaux.
Le seigneur Nann, à sa femme qu'il aime,
　　Demande ce qui lui plairait.
Elle répond, lèvre rose et front blême :
　　Un chevreuil courant la forêt.

Le seigneur Nann aussitôt prend sa lance
　　Et fait seller son grand cheval ;
Il l'éperonne et, plein d'ardeur, s'élance
　　Dans la forêt, au fond du val.
Mais Korrigan, la fée aux vertes ondes,
　　Que les fleurs savent parfumer,
Vient arrêter ses courses vagabondes,
　　En lui disant : Veux-tu m'aimer ?

Ton grand cheval a troublé la demeure
　　Où l'onde cache mes amours :

Épouse-moi. — Jamais ! ou que je meure.

— Alors tu mourras dans trois jours.

— Quand Dieu voudra, je mourrai, s'il l'ordonne.

A Blanche mon cœur est donné.

Comment veux-tu, dis, que je te le donne,

Sans avoir l'âme d'un damné ?


## II


Si vous m'aimez, ma bonne mère,

Faites mon lit, s'il n'est pas fait.

Bientôt je serai dans la terre ;

D'une Korrigan, ô mystère !

Malgré moi je subis l'effet.


N'en dites rien à mon épouse ;

Car je serai mort dans trois jours.

Si quelquefois, sur la pelouse,

Lui parlait une voix jalouse,

Dites-lui nos blanches amours.


Trois jours après, la seigneuresse

Disait : Hélas ! hélas !

Mon âme est pleine de tristesse :

Pour qui donc sonne-t-on le glas ?

— Ma fille, c'est un pauvre hère

Que l'on a cloué dans la bière :

Il est mort cette nuit chez nous.

— Mon cher seigneur Nann, mon époux,
Où donc est-il, ma belle-mère,
Et pourquoi ne revient-il pas?
— Ma fille, il viendra dans une heure.
Hélas! ma belle-mère, hélas!
Une voix dans mon âme pleure,
      Hélas! hélas!
    J'entends sonner le glas.


Pour aller entendre à l'église
    Les cantiques pieux,
Faut-il mettre ma robe grise,
Ou ma robe couleur des cieux?
— Ma fille, le temps est brumeux,
Dans les arbres souffle la bise,
    Le noir vous ira mieux.


### III


En passant par le cimetière,
Elle eut un éblouissement;
On avait remué la terre
Près de l'église fraîchement.
— C'est là que mon seigneur repose.
C'est bien; mon dernier jour a lui :
Ouvrez-moi cette tombe close,
Je veux dormir auprès de lui.

Elle s'agenouilla rêveuse,
Sans pousser des cris superflus;
Dans cette attitude pieuse
Elle ne se releva plus!

Deux grands chênes, sur les deux tombes,
Avaient poussé pendant la nuit,
Et sur eux deux blanches colombes
Semblaient se becqueter sans bruit,
Et du haut des plus hautes branches,
Ces âmes aux baisers de miel,
Ouvrirent leurs quatre ailes blanches
Et s'envolèrent vers le ciel.

## LXII

## LA VIERGE AUX LUCIOLES

Voyez aux longs cheveux d'ébène
De la blanche Luciolis
Pendre une branche de verveine,
Auprès de frais myosotis.
Dans ses mignonnettes corolles,
On voit luire des lucioles
Aux feux d'azur comme l'iris.

Luciolis, pâle comme la lune,
Erre le soir, et par monts et par vaux ;
On voit sa chevelure brune
Flotter en soyeux écheveaux ;
Lorsque la nuit revêt ses voiles,
Que l'oiseau finit ses chansons,
Ses yeux, pareils à deux étoiles,
Brillent au travers des buissons.

Dans les halliers, parmi les herbes folles,
Vite, elle accourt au moindre petit bruit ;
Sa couronne de lucioles
Devant elle chasse la nuit.

Lorsqu'elle entend une voix douce
Qui se plaint dans l'obscurité,
Son doigt cherche parmi la mousse
Où gémit l'insecte attristé.


Aux bords fleuris d'une claire fontaine,
Si, par malheur, une bête à bon Dieu
Mouille son aile, son antenne,
Et tombe dans le miroir bleu,
Luciolis, la vierge bonne,
Doucement l'arrache à la mort,
La sèche au feu de sa couronne,
Et l'aide à reprendre l'essor.


Tout ce qui chante ou veut ouvrir ses ailes,
Tout ce qui craint les ombres de la nuit,
Grillons stridents, cigales frêles,
Appelant l'aurore à minuit,
Moucherons dans le chèvrefeuille,
Et scarabée au fond d'un lis,
Chacun appelle sous sa feuille,
Avec amour : Luciolis!


Toutes ces voix qui se plaignent dans l'ombre,
Ces petits cris partis de tous côtés,
Du creux de la muraille sombre,
Du pied des bouleaux argentés.

De l'écorce du sycomore,
Des cloches du volubilis,
Disent, en attendant l'aurore :
Viens donc, viens donc, Luciolis!...

A ces appels, la vierge aux lucioles
Les place tous sur sa branche de thym,
Et leur dit de douces paroles
Qui font attendre le matin.
Essuyant leur robe de moire,
Sa voix ajoute avec amour :
N'ayez plus peur de la nuit noire,
Envolez-vous, voici le jour!...

Voyez aux longs cheveux d'ébène
De la blanche Luciolis
Pendre une branche de verveine,
Auprès de frais myosotis.
Dans ses mignonnettes corolles,
On voit luire des lucioles
Aux feux d'azur comme l'iris.

## LXIII

## BLONDINETTE

Quand sa mère filait,
  La Blondinette,
  Buvant son lait,
Lui pinçait la cornette.
La mère souriait
A l'enfant blonde et rose,
Gazouillant mainte chose
Douce qui l'égayait.


Quand sa mère filait,
  La Blondinette
  Déjà parlait,
Déjà courait seulette ;
Sa mère, en la voyant,
Disait : Elle est gentille !
Ayons pour notre fille
Un regard prévoyant.

Quand sa mère filait,
    La Blondinette
    Se révélait,
Se révélait coquette ;
En la voyant ainsi
Sémillante et légère,
Mon Dieu, la pauvre mère
Avait un grand souci.


Quand sa mère filait,
    La Blondinette,
    Las ! s'envolait
Ainsi qu'une fauvette :
Elle allait vers Paris,
Cette ville où l'on cueille
Et la fleur et la feuille,
Où les cœurs sont taris.


Quand sa mère filait,
    La Blondinette
    Amoncelait
Toilette sur toilette.
Cette folle rêvait,
En battant la campagne,
Des châteaux en Espagne
Que le vent enlevait.

Quand sa mère filait,
　　La Blondinette
　　Se désolait,
La lèvre violette;
Sur un grabat pieux,
Laissant dans un hospice
Tous les haillons du vice,
Elle montait aux cieux.


Quand sa mère filait,
　　La Blondinette
　　Là-haut volait
Ainsi qu'une alouette.
Tes jours sont révolus,
Endors-toi, pauvre mère !
Ta fille est dans la terre :
Allons, ne file plus !

## LXIV

## LA VIERGE EXPIRANTE

Entr'ouvrons les rideaux de sa modeste couche;
Car l'ange de la mort s'est caché dans leurs plis;
Sur cette belle enfant il darde un œil farouche,
Et de sa froide main va lui clore la bouche...
Ange exterminateur, tes vœux sont accomplis!...

A peine en son printemps, elle fait à la vie,
Sans peine et sans regret, un éternel adieu;
Oh! quel beau jour, enfant! quel sort digne d'envie!
Dans cet instant déjà, vierge au monde ravie,
Ne vas-tu pas t'asseoir près du trône de Dieu?...

A tes pieds la tempête, écartant le nuage,
Semblera fuir au loin pour épurer les cieux;
Tu toucheras du doigt l'astre au pâle visage,
Qui viendra rayonner à travers le feuillage
Du noir cyprès, gardien de tes restes pieux ..

Tu pourras voltiger sous la voûte éthérée,
Comme on voit sur les fleurs voltiger les oiseaux,
Et du céleste feu rayonnante et parée,
Du haut du firmament, belle étoile dorée,
Tu pourras sans rougir te mirer sur les eaux...

Tu pourras habiter les palais angéliques;
Le flambeau virginal brillera sur ton front,
Et, lorsque tu seras sous les sacrés portiques
Où l'on entend vibrer les harpes séraphiques,
Tu pourras sans frémir voir l'abîme sans fond!...

Ton lit sera d'azur parsemé d'étincelles,
Tes rideaux, deux rayons par les anges pliés,
Et ces anges, plus blancs que nos ramiers fidèles,
Diront, en déployant sur toi leurs blanches ailes :
La fange de ce monde aurait sali ses pieds.

## LXV

## LA FÉE DU JOUR DE L'AN

Du jour de l'an, qui vient d'éclore,
Voici la fée aux doigts charmants,
Au minois frais comme l'aurore,
Au front paré de diamants;
Elle a dans sa robe de gaze
Rubans moirés, fleurs et hochets,
Compliments et colifichets,
Rubis, émeraude et topaze.

Enfants, c'est un beau jour pour vous :
Vite, courez chez vos marraines
Donner des baisers pour étrennes,
Et puis revenez, les mains pleines
Et de bonbons et de joujoux.

Dans les salons, pleins de lumière,
Elle jette l'or et les fleurs;
Dans la mansarde et la chaumière,
Souvent elle sèche les pleurs.
Elle rajeunit la vieillesse
En caressant ses cheveux blancs;
Il est si doux aux bras tremblants
De s'appuyer sur la jeunesse!

Enfants, c'est un beau jour pour vous :
Vite, courez chez vos marraines
Donner des baisers pour étrennes,
Et puis revenez, les mains pleines
Et de bonbons et de joujoux.

Dans sa corbeille d'abondance
Chacun vient puiser tour à tour :
L'enfant, la robe d'innocence
Que donne un maternel amour.
Main blanche et rose ou main fanée,
Dans la corbeille du destin,
Parmi les fleurs, l'or, le satin,
Chacune vient prendre une année.

Enfants, c'est un beau jour pour vous :
Vite, courez chez vos marraines
Donner des baisers pour étrennes,
Et puis revenez, les mains pleines
Et de bonbons et de joujoux.

## LXVI

## LA VIERGE AU GRILLON

Dans une salle blasonnée,
Au fond d'un vieux donjon altier,
Près d'une immense cheminée
Où rôtirait un bœuf entier,
Contemplez cette jeune fille
Assise auprès du feu qui brille,
Dans un grand siége de noyer;
Regardez-la, c'est Inésille,
La vierge au grillon du foyer.

Devant cette flamme qui bouge,
Ses cheveux, singuliers à voir,
Luisent comme du cuivre rouge
Qu'on fait passer au brunissoir.
Son front, blanc comme le carrare,
N'est plein que de chastes projets;
Sa bouche est une rose rare;
Sous des cils d'or — chose bizarre! —
Ses yeux sont noirs comme du jais.

16

Elle tourne, rêveuse et triste,
Vers le nord son œil virginal.

Dehors, l'hiver, ce grand artiste,
Ciselle des fleurs de cristal;
Il les suspend aux aubépines,
Aux arbres noirs, aux verts roseaux,
Dans les taillis, sur les collines,
Il va jetant ses perles fines,
Qui rendent tristes les oiseaux.

Pendant que le givre scintille
Au bord du pignon argenté,
Dans les grands yeux noirs d'Inésille
Brillent des pleurs de charité.
C'est alors que le cricri chante
Dans un coin du vaste foyer;
Il est caché dans une fente
Dumur, où la flamme méchante
N'ose pas aller tournoyer.

« Dis-moi, mon compagnon fidèle,
Que chantes-tu, petit cricri?
Est-ce ta patte, est-ce ton aile
Qui frappe l'air de ce long cri?
Es-tu l'ami de la famille
Où règnent l'amour, la vertu?
Que lui dit ta voix qui babille?
Réponds à ta sœur Inésille,
Petit grillon, que chantes-tu? »

## LA CHANSON DU GRILLON.

Cricricri! las! le ciel est terne !
Au loin, mes frères les grillons
Ne strident plus dans la luzerne,
Dans les sainfoins, dans les sillons.
C'est la saison où le loup rôde
La nuit, avec ses yeux de feu ;
Autour des fermes il maraude...
Les pauvres agneaux du bon Dieu!

Cricricri! les plaines sont blanches;
La corneille fuit les arceaux ;
On peut passer sans ponts ni planches
Les rivières et les ruisseaux.
La glace craque dans l'ornière
Sous la roue et le pas des bœufs ;
Le givre poudre la crinière
Du cheval aux naseaux fumeux.

Cricricri! le mendiant passe,
Blémi de froid, cachant ses mains ;
Le dos voûté sous sa besace,
Il erre à travers les chemins.
A mainte demeure opulente
Son bâton frappe... on n'ouvre pas!
Alors une larme brûlante
Roule en glaçon devant ses pas.

Cricricri! le saule et le chêne
Tordent leurs bras au vent du nord;
Une femme, marchant à peine,
A leur pied glane du bois mort.
Frileuse, au fond d'une chaumière,
Sa fille allaite son enfant,
Dans la douleur Dieu la fit mère,
Le pain manque et son cœur se fend!

Cricricri! las! le froid fait geindre
L'arbre robuste et l'homme fort;
Sous la glace on entend se plaindre
L'onde qui fuit avec effort;
Aux oiseaux l'enfant tend un piége;
De brume le ciel est voilé,
Et les moutons grattent la neige
Pour brouter le gazon pelé.

Cricricri! donnez une bûche
Aux pauvres qui n'ont pas de feu;
Mettez-leur du pain dans la huche,
Ils se contentent de si peu!
Préservez-les de la froidure,
Afin qu'ils ne soient pas méchants :
La misère rend l'âme dure,
Et pousse à de mauvais penchants.

Cricricri! riche, si tu fermes
Ton cœur aux pleurs de l'indigent,
Dieu fera grêler sur tes fermes,
Les voleurs prendront ton argent;
Le passant sur ta tombe close
Dira, voyant l'ortie en fleur :
Dans cet oubli se décompose
Le squelette d'un mauvais cœur!

Cricricri! l'autour dans sa serre
A pris au vol un blanc pigeon :
Ma sœur, écoute!... La misère
Pleure au seuil de ton vieux donjon!
C'est une femme presque morte,
Grelottant dans ses froids sabots;
Ouvre-lui bien vite la porte,
Et fais flamber quatre fagots!

## LXVII

## LE GARS VAILLANT

Les gars vaillants galopaient dans la plaine,
La lance au poing et le corps en avant,
Éperonnant leurs coursiers hors d'haleine,
Dont le pied jette un flot de poudre au vent.
Un gars vaillant trébuche de sa selle;
Un plomb fatal est entré dans sa chair;
Et quand le sol boit son sang qui ruisselle,
Il dit : Adieu! tout ce qui me fut cher!

Va, mon coursier, retourne, sans ton maître,
Sous l'humble toit de ma vieille maison;
Prends le chemin du lieu qui me vit naître;
Il est là-bas... là-bas, à l'horizon!
Fuis le sentier où notre ennemi passe,
Sur l'herbe éteins le bruit sourd de tes pas.
Va! le Tartare à la main si rapace,
O mon coursier, ne te sellera pas!

Dépêche-toi! que ton galop t'emporte
Jusqu'à mon seuil, où ne vont pas les loups.
Quand tu seras vers ma petite porte,
De ton sabot tu frapperas trois coups,

Trois petits coups de ton pied de gazelle ;
Puis une veuve alors apparaîtra ;
Mais en voyant de mon sang à ta selle,
La pauvre femme, hélas ! sanglotera.

Ses yeux hagards te diront par leurs larmes :
— Ah ! qu'as-tu fait de mon unique enfant ?
Tu l'as laissé parmi des tronçons d'armes ;
Tu l'as noyé dans le Don étouffant ;
Tu l'as laissé pendant que la fanfare
Répète au loin : Le Cosaque est vainqueur !...
Et tu reviens quand le pied du Tartare,
En s'enfuyant, pèse lourd sur son cœur !

Alors, baissant la tête jusqu'à terre,
Les crins pendants, tes yeux lui répondront :
— Le gars vaillant dort en paix, pauvre mère !
Dans l'herbe fraîche il a posé son front.
Vois-tu, la terre est une fiancée
Qui l'enveloppe en un manteau de fleurs !
Lève là-haut tes yeux et ta pensée :
Il n'est pas mort... Mère, sèche tes pleurs !...

## LXVIII

## LA VIERGE AUX PERVENCHES

### I

« Une pervenche! une pervenche! »
Et le buisson tressaille, et le vieillard se penche
Pour cueillir, en pleurant, cette coupe d'azur;

Et dans la fleur épanouie
Tombe une larme chaude, arrachée au génie,
Et le ciel nuageux tout à coup devient pur!

O Jean-Jacque! ô poëte!
Quand tu vis cette fleur, un monde dans ta tête
S'illumina d'aurore et de rayons d'amour.

La haie, en écartant ses branches,
Te fit voir les yeux bleus de la vierge aux pervenches,
Dont la main contenait trente ans en un seul jour!

O Rousseau! que te disait-elle,
La sainte vision qui te parut si belle,
Et dont le souvenir vint pleurer dans ton cœur?

Écoute, ô mon divin poëte !
Je serai, si tu veux, ton fidèle interprète :
Que dit la vision quand tu cueillis la fleur ?


## II


Pourquoi veux-tu savoir les secrets de mon âme,
Qui vole librement dans l'espace infini ?
Pour me suivre aurais-tu, dis, les ailes de flamme
Que le malheur attache au poëte honni ?
Pourquoi veux-tu savoir les secrets de mon âme,
Qui vole librement dans l'espace infini ?


Je descends jusqu'à toi, car tu ne peux m'atteindre ;
Vous tous qui me plaignez, c'est moi qui dois vous plaindre,
Car si mon âme est libre et voyage à présent
De planète en soleil, de soleil en planète,
C'est que j'ai bien souffert, ô mon pauvre poëte !
L'existence est si rude et le corps si pesant !


Enfant, quand je cueillis cette pervenche éclose,
Tu le sais, je l'ai dit, j'étais vieux et morose ;
Je marchais au tombeau, dos voûté, pieds tremblants,
Suivant, en tâtonnant, notre fatale voie...
Je rencontre une fleur, et mon regard flamboie,
Et mon front rajeunit malgré ses cheveux blancs.


Oh ! miracle d'espoir ! je suis vieux, tout me blesse,
Et l'aspect d'une fleur me rend à la jeunesse ;

Mon cœur bat, tout l'amour que j'éprouvai jadis,
Amour naïf et pur, se réveille et m'embrase!
De vieux me voilà jeune, et je tombe en extase
Près d'une fleur, miroir de mon frais paradis.

Ah! j'avais tant souffert dans ce monde rigide,
Qui meurtrit le talent lorsqu'il n'a pas d'égide;
D'espoir et de bonheur tout mon être était veuf :
Dès ce jour je compris que l'âme est immortelle;
Je la sentis en moi remuer sa grande aile,
Je sentis que l'aiglon allait sortir de l'œuf.

Pourquoi veux-tu savoir les secrets de mon âme,
Qui vole librement dans l'espace infini?
Pour me suivre aurais-tu, dis, les ailes de flamme
Que le malheur attache au poëte honni?
Pourquoi veux-tu savoir les secrets de mon âme,
Qui vole librement dans l'espace infini?

## LXIX

## PAUVRE TERRE

CHANT DES ÉTOILES.

———

### CHŒUR DES ÉTOILES.

Diamants des célestes grèves,
Où l'œil de Dieu s'est arrêté,
Faisons, sur un fil argenté,
Descendre là-bas de doux rêves
Pour consoler l'humanité !

### L'ÉTOILE DE LA LYRE.

La nuit étend ses voiles
Sur la terre, ô mes sœurs !
O mes sœurs les étoiles !
Projetons nos lueurs
Sur cette obscure terre,
Qui roule solitaire,
Toute humide de pleurs.

Là-bas il est un astre
Que l'on adore encor ;
Il répand maint désastre
De l'orient au nord ;
Pour mieux lui rendre hommage,
L'homme dans le sang nage...
Cette étoile, c'est l'or !

Pauvre globe en enfance !
Jusques à nos splendeurs,
En concerts de souffrance,
Montent tes cris, tes pleurs.
La nuit, dont tu te voiles,
Attriste les étoiles
De tes longues douleurs.

### CHOEUR DES ÉTOILES.

Diamants des célestes grèves
Où l'œil de Dieu s'est arrêté,
Faisons, sur un fil argenté,
Descendre là-bas de doux rêves,
Pour consoler l'humanité !

### L'ÉTOILE DE LA LYRE.

O mes sœurs ! à cette heure,
A l'heure où nous veillons,
Là-bas l'indigent pleure
Sur sa couche en haillons,

Pendant que vingt familles,
Des valses, des quadrilles
Suivent les tourbillons.

Vallon de deuil, d'alarmes,
Pourquoi ce sang, ce fer?
Avec tes flots de larmes
On éteindrait l'enfer.
Terre, prends ta couronne :
Reviens, Dieu te pardonne
Pour avoir tant souffert.

Mes sœurs, voici l'aurore,
Cachons notre clarté ;
Toi, soleil, fais éclore
Sur ce globe attristé
La commune abondance,
L'amour et l'espérance,
Et la fraternité !

#### CHOEUR DES ÉTOILES.

Diamants des célestes grèves
Où l'œil de Dieu s'est arrêté,
Faisons, sur un fil argenté,
Descendre là-bas de doux rêves,
Pour consoler l'humanité !

## LXX

## LA VIERGE AUX BLUETS

I

Par un matin de juin, un matin sans nuages,
J'errais comme un rimeur, guettant à chaque pas
Si quelque rime ailée enfin ne venait pas.
J'errais, n'écoutant plus les murmures sauvages,
Les rires, les sanglots, les tambours et les cris
Dont le bruit vient mourir aux remparts de Paris.
En rêvant je longeais le bord d'une rivière
A l'eau noire, écumeuse, où mainte lavandière,
Se cachant jusqu'au flanc dans le fond d'un tonneau,
Fait sous son lourd battoir jaillir des perles d'eau ;
Les moineaux pépiaient en prenant leur volée ;
La rivière exhalait un air pestilentiel.
Je marchais, quand, au bout de la verte saulée,
Je vis des flots d'épis ondoyer sous le ciel.
A pas lents j'atteignis le bas de la colline
Où le seigle, inclinant ses chalumeaux fluets,
Pareils à des saphirs, laissait voir ses bluets,
Quand tout à coup des blés une voix enfantine,

17

Une voix virginale, heureuse, s'élança :
Je crus ouïr les sons d'un doux harmonica
Égrenant dans les airs sa gamme cristalline.
Au-dessus des épis aux grains serrés, pesants,
Alors je vis surgir un minois de seize ans,
Pur comme l'innocence et frais comme l'aurore.
Telle on voit, le matin, une églantine éclore
Dans la haie où les nids ne seront point troublés,
Cette vierge aux bluets m'apparut dans les blés.
Mon Dieu ! qu'elle était belle avec sa blanche robe
Et sa couronne bleue, et son œil, petit globe
Dont l'azur rayonnait sous l'arc d'un sourcil noir !
Mon Dieu ! qu'elle était pure et poétique à voir !
On eût dit que les fleurs lui murmuraient : Loïse,
Chante-nous ta chanson : le souffle de la brise
Se taira pour l'ouïr ; cigales et grillons
Demeureront muets dans l'arbre et les sillons ;
Et les abeilles d'or, qui nous trouvent si belles,
Sur nos seins frémissants reposeront leurs ailes.
Douce vierge aux bluets, chante-nous ta chanson.
Pour l'écouter, l'oiseau se tait dans le buisson ;
Nous t'écoutons aussi : voyons, chante, Loïse !
Il faut bien que plus tard l'écho nous la redise.

## II

### LA CHANSON DE LA VIERGE AUX BLUETS.

Chercheurs de bluets, folles têtes blondes,
  Courez par bandes vagabondes,
  Gais maraudeurs échevelés!
Allez, à travers les aigrettes blondes,
Cueillir des bluets sans casser les blés.

  Amusez-vous, bandits espiègles;
  Dieu met le bonheur dans vos yeux.
  C'est bien, soyez insoucieux,
  Mais respectez froments et seigles;
  L'épi que vos doigts triomphants
  Vont dérober à la faucille
  Contient en germe, ô mes enfants!
  Le pain d'une pauvre famille.

Vagabonds rieurs, fous échevelés,
Cueillez des bluets sans casser les blés.

  Où vous ne voyez que rosée,
  Moi, je vois briller la sueur
  Et des bœufs et du laboureur
  Au flanc d'une tige brisée.

Laissez mûrir sous le ciel bleu
Les blés où l'abeille voltige :
C'est faire pleurer le bon Dieu
Que de casser la moindre tige.


Vagabonds rieurs, fous échevelés,
Cueillez des bluets sans casser les blés.


Si les collines sont muettes,
Faites babiller les échos,
Moissonnez les coquelicots,
Mais respectez les alouettes ;
Gardez-vous de troubler leurs nids !
Ces petits, que réchauffe une aile,
L'an prochain, dans les blés jaunis,
Chanteront la moisson nouvelle.


Vagabonds rieurs, fous échevelés,
Cueillez des bluets sans casser les blés.


Sous le buisson aux fruits acerbes,
Ébattez-vous, gais polissons ;
Mais si c'est l'heure des moissons,
Ne trépignez pas sur les gerbes,
Car vos pieds, fléaux orageux,
En gaspillant les grains sur terre,
Perdraient la part des malheureux,
Quand on battra le blé sur l'aire.

Vagabonds rieurs, fous échevelés,
Cueillez des bluets sans casser les blés.

Chercheurs de bluets, folles têtes blondes,
　　Courez par bandes vagabondes,
　　Gais maraudeurs échevelés,
Allez, à travers les aigrettes blondes,
Cueillir des bluets sans casser les blés.


### III


La voix ne chanta plus. Au bord de la rivière,
Le bruit retentissant d'un battoir forcené
Accompagnait les mots d'une chanson grossière
Au rhythme décousu, banal et suranné,
Et parmi les éclats de rire des laveuses,
Je partis en laissant glisser les eaux boueuses.

## LXXI

## CAMOENS

### I

Ainsi qu'Adamastor soulevant les tempêtes,
Le souffle du malheur ballotte les poëtes
Sur la mer qui les pousse à l'immortalité.
Qu'importe que le vent mette en lambeaux leur voile !
Le génie à leur front fait briller une étoile
Qui les guide, la nuit, sur le flot irrité.

Ces pèlerins de Dieu, loin des routes fangeuses
Où marche le troupeau des haines orageuses,
Se font un paradis au sein de notre enfer.
Au prix de la souffrance ils achètent la gloire,
Et leur nom éternel vibre en chaque mémoire :
Pour être grand poëte il faut avoir souffert.

Le poëte est maudit : l'aveugle d'Ionie
En mendiant son pain promenait son génie,
La besace à l'épaule et la lyre à la main.
Ses yeux ne brillant plus sous leur morne paupière,
Homère déchirait ses pieds à chaque pierre,
Sans voir l'arc de Diane éclairant son chemin.

Ovide ira mourir dans un pays sauvage ;
Il ne reverra plus les arbres du rivage
Que le Tibre, en fuyant, réfléchit dans ses eaux ;
Le Dante Alighieri, sur la plage étrangère,
Voit de sa Béatrix passer l'ombre légère,
Ainsi qu'un alcyon effleurant les roseaux.

O souffrance ! ô génie ! accouplement bizarre !
Pourquoi marcher de pair ?... Les cachots de Ferrare
Ont enfermé le Tasse, et le Tasse a pleuré !...
Hugo, sous le ciel gris de la froide Angleterre,
Fait de sa poésie éclater le cratère ;
Car la douleur aussi baisa son front sacré.

## II

Le vers d'airain survit à la prose éphémère :
Bien avant Albion, Lisbonne eut son Homère ;
Il était à la fois Pétrarque et Juvénal.
Catherine Atayde, en embrasant son âme,
Donnait à son lyrisme une immortelle flamme
Qui devait resplendir au front du Portugal.

Comme autrefois Tyrtée enfiévré de délire,
Camoëns mariait et l'épée et la lyre :
Le poëte soldat chantait et combattait,
Et pendant que son glaive, au fort de la bataille,
Frappait sur a curasse et d'eestoc et de taille,
Aux chants de Camoëns le soldat s'exaltait.

Or, combattre et chanter mettant son âme à l'aise,
Notre héros suivit la flotte portugaise,
Qui cinglait bravement vers les ports du Maroc.
Devant Ceuta, parmi le cliquetis des armes,
Il perdit son œil droit, sans répandre de larmes;
On eût dit que son sang ruisselait d'un vieux roc.

Puis, comme Scipion, il quitta sa patrie,
Où la haine froissait sa grande âme aguerrie
Par des luttes sans fin qui le rendaient plus fort;
Il allait devant lui, le poëte sublime!
Pour écrire son nom sur cette haute cime
Où rayonne la gloire, où ne va pas la mort.

Marche, homme de génie, et fends la mer profonde,
Marche, tout grand poëte est citoyen du monde!
Cueille ta poésie en fleurs aux Indes, va!
Écris avec du feu tes œuvres athlétiques;
Le peuple chantera tes vers patriotiques,
Vers de bronze, moulés au pays de Shiva.

### III

Bien loin du sol natal, pendant quatorze années,
Il lutte corps à corps avec les destinées;
Il reviendra vainqueur, un chef-d'œuvre à la main.

    Pour revoir son pays qu'il aime
    Et le doter de son poëme,
    Camoëns se met en chemin.

Mais au bord du Mécon s'élève un grand orage,
La voile se déchire et le brick fait naufrage ;
L'homme encor va lutter contre les éléments.
  Au milieu de cette tempête,
  L'œuvre immortelle et le poëte
  Braveront les cieux incléments.


Allons, vent destructeur, crève ton outre pleine
Et fais craquer les mâts sous ta bruyante haleine ;
Souffle, gronde, mugis, vent terrible ! fatal ! ! !
  Bien ! romps les câbles du navire,
  Comme les cordes d'une lyre
  Que briserait un doigt brutal.


Fais galoper la vague à l'humide crinière ;
Orageux cavalier, fais siffler ta lanière,
Ton fouet, serpents d'éclairs à sinistre lueur.
  Que le flot sur le flot s'entasse :
  Il faut que le poëte passe
  A travers les flots en fureur.


Il brave le péril en cette heure suprème :
Il nage d'une main, l'autre tient le poëme
Au-dessus de la vague, entre le ciel et l'eau.
  Cette épopée est lumineuse :
  Tu peux bondir, vague écumeuse !
  Tu n'éteindras pas ce flambeau !. .

Poëte courageux, encore un effort, nage !
Tends tes muscles de fer, tu vas toucher la plage ;
Nage, tu vas toucher au bord libérateur.

> Enfin la lutte est achevée,
> Et la *Lusiade* est sauvée
> Par la main de son créateur !

## IV

Quand après quatorze ans on revoit sa patrie,
Que l'on remet le pied sur la marge fleurie
Où l'on courait enfant, le soleil dans les yeux,
Oh ! pour l'homme exilé c'est une douce chose !
Chaque brin d'herbe alors pour lui se change en rose ;
Le sable et les cailloux sont des velours soyeux.

Oui, rentre dans Lisbonne, ô mon divin poëte !
La cour de Sébastien va couronner ta tête,
Et le peuple et le roi sauront tes vers par cœur.
Reviens dans ta patrie, enfant de la souffrance !
Combats tes ennemis, brave l'indifférence,
Dans ton pays natal marche en triomphateur !

Ton bonheur sera court sur cette vaste scène
Royalement pompeuse : hélas ! ton roi Mécène
Doit mourir jeune encor et sans postérité.
Sur ton pays vaincu, la mort, la tyrannie
Planeront ; pour nourrir ton vigoureux génie,
Tu prendras le denier que tend la charité.

## V

La nuit tombe, la rue est sombre,
Et Lisbonne va s'endormir ;
Mais là-bas quelle est donc cette ombre
Errante et que j'entends gémir?

On dirait que cette ombre chante,
Aux étoiles et sans témoins.
Serait-ce pas la voix touchante
De l'esclave de Camoëns?
Je reconnais cette complainte,
Elle est écrite avec des pleurs,
Son harmonie est une plainte
Où vibrent toutes les douleurs!

## VI

Tu vas dormir, Lisbonne.
Avant de t'endormir,
Ah! si ton âme est bonne,
Dépêche-toi, Lisbonne,
D'accourir
Secourir
Ton vieux poëte Bélisaire,
Qui de vieillesse et de misère
Va mourir,
Va mourir!

Camoëns, ton poëte épique,
Avec la phalange héroïque
Partout combattit bravement.
De ta couronne poétique
Il est le plus beau diamant.

Patrie ingrate et sans mémoire,
Tremble de voir dans ton histoire
Que Camoëns tendit la main!
Va, puisqu'il te donne la gloire,
Lisbonne, donne-lui du pain!

Le chêne a bravé la tempête,
Les éclairs croisés sur sa tête;
Il est mon maître et mon ami :
Je vais quêter pour le poëte,
La nuit, quand il est endormi.

Camoëns est de noble race,
Il a l'âme du vieil Horace,
Il eût rendu le Cid jaloux;
Son casque et sa lourde cuirasse
Se rouillent pendus à deux clous.

Tu vas dormir, Lisbonne.
Avant de t'endormir,
Ah! si ton âme est bonne,
Dépêche-toi, Lisbonne,

D'accourir
Secourir
Ton vieux poëte Bélisaire,
Qui de vieillesse et de misère
Va mourir,
Va mourir!


## VII


Quel est donc ce guerrier saturé de souffrance,
Étendu moribond sur un lit d'hôpital?
Qui le connaît?... Pour lui l'heure de délivrance
Va-t-elle retentir sur le timbre fatal?


La sueur de la mort a perlé son visage,
Blêmi ce front intelligent;
Ses cheveux, clair-semés par l'âge,
Tombent sur son chevet en écheveaux d'argent.


Quel est-il ce vieillard que le monde abandonne?
Il rend sur un grabat son âme de chrétien!
Ce n'est que Camoëns, oublieuse Lisbonne,
L'ami de ton roi Sébastien!


Viens donc le voir mourir, ton grand poëte épique.
Écoute bien comment son râle s'éteindra
Sur le lit qu'a dressé la charité publique,
Où trois cents ans plus tard Hégésippe mourra.

Endors-toi, Camoëns, que la misère tue!
Fais clouer ton cercueil, ô chantre souverain!
Tu te réveilleras, colossale statue,
Dans ta ville natale, avec des traits d'airain!

## LXXII

## LA VIERGE DU DÉVOUEMENT

A MADAME THIÉBAUT, INSTITUTRICE.

Si j'étais Dieu (pardon pour cette hardiesse),
Je diviniserais partout le dévoûment.
J'en ferais pour ce monde une jeune déesse
Qui porte dans ses flancs l'éternelle jeunesse,
Et dans ses yeux chercheurs l'azur du firmament.

Or, elle porterait une robe de toile,
Blanche comme la neige et tombant sur ses pieds.
Je ferais de son front ruisseler un long voile,
Sous lequel on verrait resplendir une étoile
Illuminant ses plis de feux multipliés.

C'est que le dévoûment est rare dans ce monde!
L'homme l'a peu souvent, la femme quelquefois.
Nous portons une plaie au cœur, elle est profonde;
Et lorsque du regard ou du doigt on la sonde,
Il semble que l'enfer y fait mugir sa voix!

18

Et quand sur notre route, où les cailloux s'entassent,
Où la ronce en rampant déchire nos talons,
Nous voyons au lointain des formes qui s'effacent,
Des souvenirs charmants derrière nous qui passent :
Nous voudrions alors aller à reculons!

Heureux celui qui trouve, en ces routes arides,
Où l'on va se heurter la tête aux murs noircis,
Sur les fleurs du matin quelques perles humides,
Vous faisant oublier tous les rayons torrides
Qui la veille brûlaient vos yeux pleins de soucis.

Je n'ai pas à me plaindre : un Dieu fort me protége,
De mon cœur devant tous je ferais l'examen;
Je méprise le monde et je franchis son piége.
Si j'ai marché pieds nus, tout enfant, dans la neige,
J'ai bien trouvé des fleurs plus tard sur mon chemin.

J'ai rencontré la Foi, cette sœur de mon âme,
Dont la voix rappela tous mes bonheurs partis
Aux voûtes d'un enfer que dévorait la flamme!...
L'Espérance revint; puis la main d'une femme
M'offrit un frais bouquet de bleus myosotis.

Le dévoûment aussi, sur ma route flétrie,
M'ouvrit sa blanche main; son baiser me fut doux.
J'avais trouvé la Foi comme un homme qui prie,
J'avais trouvé l'Amour dans les yeux de Marie;
Quand vint le Dévoûment, madame, ce fut vous.

## LXXIII

## LA VIERGE AU MYOSOTIS

### I

Vous qui naissez les pieds dans l'onde
Et nous dites : Souvenez-vous !
Parez ma chevelure blonde,
    Fleurs au regard si doux.
    De ces filles de l'onde,
        Aux yeux si doux,
        Souvenons-nous !

Par une belle nuit sans voile,
    Quand sur la branche dort l'oiseau,
    Que vous dit cette blanche étoile
    Se mirant dans votre ruisseau?...

Elle nous dit : Je suis un vaste monde
    Où règne l'éternel amour ;
Jamais de nuit sur moi : je suis le jour,
    Et Dieu de ses rayons m'inonde.
        Fleurs au regard si doux,
        Souvenez-vous !

Lorsque déborde la rosée
De votre calice mouvant,
Que dit cette perle irisée
Qui scintille au soleil levant?

Elle nous dit : Un rayon va me boire!
Que l'œil bleu des myosotis
Pleure toujours les poëtes partis
Avant d'avoir trouvé la gloire!
Fleurs au regard si doux,
Souvenez-vous!

Vous qui naissez les pieds dans l'onde
Et nous dites : Souvenez-vous!
Parez ma chevelure blonde,
Fleurs au regard si doux.
De ces filles de l'onde,
Aux yeux si doux,
Souvenons-nous!

## II

Est-ce la voix d'un rossignol qui chante?
Est-ce le murmure de l'eau,
Le bruit des feuilles du bouleau
Que froisse une brise méchante?
Non, c'est la voix de Théonis,
La vierge aux bleus myosotis.

Elle nous vient de la blonde Allemagne ;
    Théonis est la blonde sœur
    Et de l'amant et du penseur,
    Et la tristesse l'accompagne ;
    Au bord des ruisseaux, Théonis
    Cueille le bleu myosotis.

Pendant la nuit, quand la lune est rêveuse,
    On la voit, belle de pâleur,
    A l'ombre du saule pleureur,
    Se promener silencieuse ;
    Sur les noirs tombeaux, Théonis
    Plante le bleu myosotis.

Cœurs séparés dans ce monde funeste,
    Époux que la mort désunit,
    Quand l'un monte au céleste nid,
    Sur le cœur de celui qui reste
    On voit la blanche Théonis
    Mettre un brin de myosotis.

Vous qui longez le ruisseau des prairies
    Tenant la main d'un bien-aimé,
    Vous dont le cœur est parfumé
    Et le front plein de rêveries,
    En cueillant des myosotis,
    Chantez ces vers de Théonis :

Vous qui naissez les pieds dans l'onde
Et nous dites : Souvenez-vous !
Parez ma chevelure blonde,
  Fleurs au regard si doux.
  De ces filles de l'onde,
    Aux yeux si doux,
    Souvenons-nous !

## LXXIV

## LA HARPE DU PROPHÈTE

L'Horeb illumine sa tête
Des derniers rayons du couchant;
La harpe sainte du prophète
Au vent du soir jette un doux chant.
Est-ce une branche qui l'effleure
De son feuillage frémissant?
Non, c'est la voix du vent qui pleure,
Qui pleure le prophète absent.

Pour écouter sa voix divine,
Sur l'arbre un oiseau s'est perché,
Et, près de la corde argentine,
Dans les feuilles il s'est caché.
Est-ce cet oiseau qui l'effleure
De son bec rose et caressant?
Non, c'est la voix du vent qui pleure,
Qui pleure son prophète absent.

Le prophète, au pied de cet arbre,
Dort sous le gazon verdoyant;

Il dort là ! froid comme le marbre,
Les pieds tournés vers l'orient.
Alors quel doigt divin effleure
Cette harpe au sublime accent?
C'est le souffle du vent qui pleure,
Qui pleure le prophète absent.

## LXXV

## LA VIERGE DE LA PAUVRETÉ

Chaste mère du Christ, depuis bien des années,
    Bien des siècles, hélas!
Sur des terres sans fleurs, d'épis non couronnées,
Pieds nus, en grelottant, je vais traînant mes pas;
Je n'ai trouvé partout que des feuilles fanées,
    Et mes pieds sont bien las.


La ronce croît toujours au chemin que je fraie
    Pour mordre mes lambeaux.
De mon voile de deuil l'humanité s'effraie
Comme le roitelet à l'aspect des corbeaux,
Et ma voix est pareille à celle de l'orfraie
    Hurlant sur les tombeaux.


Depuis quatre mille ans je chemine, regarde!
    Toujours implorant Dieu,
Sur ma route sans fin jamais je ne m'attarde;
Chez l'humble travailleur si je m'arrête un peu,
Le vin se change en eau, l'alcôve se lézarde,
    L'âtre n'a plus de feu!

Alors des pleurs amers coulent en abondance,
Mouillent de maigres doigts;
Dans un vase fêlé l'eau claire se condense
Au souffle de l'hiver qui siffle sur les toits;
On émiette le pain de seigle avec prudence
Dans l'écuelle de bois.

L'enfant crie et gémit dans son berceau qui tremble,
Qu'on balance en pleurant;
Son lange, plus léger que la feuille du tremble,
Sec, va se déchirant;
Sur ce berceau chéri que de larmes ensemble
Vont couler par torrent!

La mission que Dieu m'impose
Épouvante l'humanité;
Partout où mon pied se repose,
Hélas! déserte la gaîté.

Comme on voit jaunir le feuillage,
Comme on voit s'effeuiller la fleur,
Tout se fane sur mon passage :
Mon souffle est celui du malheur.

Dans mes bras l'enfant s'étiole,
Mon lait ne peut pas le nourrir;
Le vieillard me voit, se désole,
Sanglote et demande à mourir.

Mère des sept douleurs, toi si bonne et si douce,
Ote-moi ces haillons qui font qu'on me repousse,
Lorsque, chez les méchants, je quête un peu de pain
Pour les pauvres en pleurs qui se meurent de faim,
Couchés sur un grabat, dans une sombre chambre,
Quand la vitre se givre au souffle de décembre.
Change mes vêtements : ils répandent l'effroi ;
Rechausse mes pieds nus : regarde, ils ont bien froid !
Dans les grandes cités ils s'imprégnent de fange ;
Et la boue est si laide aux chastes pieds d'un ange !

Je voudrais moins de peine au pauvre travailleur :
Que tous les samedis un salaire meilleur
Lui dise : Apprête-toi, car c'est demain dimanche ;
Ta compagne a déjà fini la robe blanche
Pour parer ton enfant ; tu la verras demain
Sautiller dans les prés, sur les fleurs du chemin ;
Et les enfants du riche, en la voyant si belle,
Ne s'éloigneront pas et joûront avec elle.
Mère du Rédempteur, daigne accomplir mes vœux !

Et la voix de Marie, en entr'ouvrant les cieux,
Laissa tomber ces mots comme une mélodie,
Comme un rayon divin sur la terre engourdie :
Je les accomplirai, pauvre vierge, tes vœux ;
Sèche tes yeux en pleurs avec tes longs cheveux ;
Bientôt s'achèvera ton dur pèlerinage ;
Sur le flot des erreurs la vérité surnage ;

L'homme comprend déjà que par la charité
On monte les degrés de la Divinité.

Marche encor quelque temps, baisse tes yeux timides,
Bientôt je laverai tes pieds, de fange humides,
Que rayèrent de sang les buissons des chemins;
Je les réchaufferai tous les deux dans mes mains.
De ton front virginal j'essuirai la poussière,
En te débarrassant de ta robe grossière.

Marche encor, pauvre vierge, allons, courage! allons,
Poursuis encor ta route; encor quelques jalons
De douleur à compter, et tu touches la borne
Où tu pourras poser ton front rêveur et morne;
Puis, relevant ce front abattu, soucieux,
Tu prendras ton essor pour revenir aux cieux.
Tes vêtements de deuil, tristes comme la tombe,
Alors se changeront en ailes de colombe.

Et la vierge, à ces mots, voit les cieux constellés
S'entr'ouvrir, s'agrandir pleins de lueurs étranges;
Un céleste tableau s'offre à ses yeux troublés :
C'est le Christ et Marie, entourés de quatre anges.

Le premier porte en lui l'orgueil d'un souverain :
Un glaive à deux tranchants lui pend à la ceinture;
Sur son casque de fer brille un aigle d'airain,
Et ses ailes de feu colorent son armure.

Le deuxième est paré d'une robe d'azur
Où des abeilles d'or se groupent en silence ;
De longs cheveux bouclés ombragent son front pur,
Un rameau d'olivier dans sa main se balance.

Le troisième est couvert d'une robe en lambeaux ;
Sur son bras amaigri sa face est abaissée ;
Ses ailes sont ainsi que celles des corbeaux ;
Puis il tient en sa main une cruche cassée.

Le dernier est couvert d'une peau de lion ;
Il a, sous son manteau, plié ses ailes d'aigle.
Pour sceptre, en sa main droite, il porte un aiguillon.
Et tient sous son bras gauche une gerbe de seigle.

Le Christ est sur son trône entouré de soleils,
Sa croix est inclinée à sa droite divine ;
A ses pieds, à ses mains on voit les trous vermeils,
Et son front porte encor la couronne d'épine.

Marie, au maintien chaste, est à côté de lui :
Sous son pied rose et nu gît le serpent immonde ;
Et son front virginal, où l'auréole luit,
Se penche sur le bras du Rédempteur du monde !

## LA VIERGE DE L'AURORE

### I

La nuit vers le couchant va replier ses voiles ;
L'aurore fait pâlir la lune et les étoiles,
Et le silence éteint ses bruits mystérieux.

Ces bruits, échos mêlés de clochettes qui sonnent,
Et le chuchottement des feuilles qui frissonnent,
Bientôt vont faire place aux bruits tumultueux.

La vierge de l'aurore, en sa robe vermeille,
Apparaît sur les monts ; et le monde s'éveille
Pour boire, en souriant, l'eau pure de ses pleurs.

Ton sourire est divin, car il fait tout éclore,
Et tes pleurs sont féconds : souris et pleure encore,
Sur l'aile des oiseaux, sur la tige des fleurs.

Aux matins de printemps, sur l'arbre on voit les merles
Égrener de leur bec d'or les tremblantes perles
Qu'en passant tu suspens aux feuilles du bouleau ;

Et, comme si ces pleurs tombaient de l'œil des anges,
Rossignols et pinsons, fauvettes et mésanges,
Pour rafraîchir leur voix, boivent ces gouttes d'eau.


## II


Alors la terre se réveille :
On entend l'orchestre des bois ;
L'oiseau, le grillon et l'abeille
Viennent y marier leurs voix.

Note douce, claire ou plaintive,
Gémissement des tourtereaux ;
Onde qui glisse fugitive,
Vent qui passe dans les sureaux,
Parmi les aubépines blanches,
Et fait chanter toutes les branches
Où se posent les passereaux ;
Soupirs des suaves haleines,
Voix stridentes, doux gazouillis,
Frissons de l'herbe dans les plaines,
Bruit d'ailes dans les taillis,
Chantez le réveil de l'aurore
Dans l'air pur et sous le ciel bleu,
Dans les bois que le soleil dore,
Partout chantez, chantez encore !
Vous êtes l'orchestre de Dieu !

### III

Épanouissez-vous, fleurs odoriférantes,
    Dans les jardins, dans les sentiers ;
Sur les coteaux et près des sources murmurantes,
    Enlacez-vous, frais églantiers.

L'aurore monte aux cieux : empruntez-lui ses charmes
    Et ses divers rayonnements ;
Prenez-lui ses couleurs, buvez toutes ses larmes
    Qui vous parent de diamants.

Épanouissez-vous sur la vieille muraille
    Et sur les chaumes enfumés ;
Faites sur les cités où l'ouvrier travaille,
    Courir des souffles parfumés.

Épanouissez-vous dans les landes arides
    Pour embaumer les malheureux ;
De cette terre ingrate effacez bien les rides :
    Les fleurs réjouissent les yeux.

Épanouissez-vous au baiser de l'aurore ;
    Germez et croissez en tout lieu ;
Couvrez le monde entier, tapis multicolore,
    Soyez les encensoirs de Dieu !

## IV

Le laboureur prend sa charrue ;
Le tisserand s'assied devant son grand métier ;
L'ouvrier traverse la rue,
Et de son pas pressé regagne l'atelier.

Partout la mère de famille
Réveille ses enfants dans la belle saison ;
Elle-même prend son aiguille
Et travaille avec joie au soin de la maison.

Avec l'aurore tout s'éveille :
L'activité revient pleine de passion,
Et le travail alors, cette grande merveille,
Complète la création !

Tout se meut, court, marche et s'active ;
Dans les villes, les bourgs et les champs tout renaît.
Sur les lignes de fer fuit la locomotive,
Plus prompte que le martinet.

L'usine aux cent marteaux fait retentir l'enclume ;
La truelle bâtit la maison, le palais.
A l'heure où l'aurore s'allume
On voit s'ouvrir tous les volets.

L'homme se lève afin de bien remplir sa tâche ;
Le travail créateur sort de l'eau, sort du feu :
      Chacun à son labeur s'attache :
      Le travail est le fils de Dieu !...

## LXXVII

## VIERGE ET DÉMON

Vierge au regard céleste,
Qui fléchis les genoux
Dans l'enceinte modeste
Où Dieu veille sur nous,
Sur ton front de madone,
Ah! laisse-moi poser
Une blanche couronne
Avec un doux baiser!

Va, ce baiser étrange
Sera plus chaste encor
Que le baiser qu'un ange
Donne à l'enfant qui dort.
Quand l'écho du portique
Se plaît à répéter
Ton suave cantique,
Laisse-moi t'écouter!

Et puis, quand ta main blanche
S'approche du granit
Où s'incline une branche
Sur l'eau que Dieu bénit,

Oh ! si ta main l'effleure,
Pendant que Dieu la voit,
Sur le rameau qui pleure,
Laisse passer mon doigt !

uand ton âme se livre,
Chaste, au recueillement,
Et que, dans un saint livre,
Tu lis pieusement,
Oh ! sur la page heureuse
Qui te parle des cieux,
Vierge mystérieuse,
Laisse tourner mes yeux !

Sans lever sa paupière,
La vierge répondit :
« Non, l'amour de la terre
Est un amour maudit ;
J'en veux un moins frivole ;
Aussi, j'ai pour amant
Un bel ange qui vole,
Qui vole au firmament. »

## LA VIERGE AUX SOUVENIRS

Vous qui passez, faisant reluire vos faucilles
Au soleil, en rêvant de riches avenirs,
Dites, vous qui chantez, ô mes rieuses filles!
Connaissez-vous Rosa, la vierge aux souvenirs?

Comme vous elle est jeune, ô jeunes moissonneuses!
Sa voix, quand elle chante, éveille mille échos;
Ses cheveux sont tressés en deux nattes soyeuses,
Sa bouche a la couleur de vos coquelicots.

L'éternelle beauté brille sur son visage,
Le ciel est dans ses yeux, elle est fille du temps;
A ses contours divins rien ne peut faire outrage,
L'amour l'aide à porter ses éternels vingt ans.

Les roses ont donné leurs feuilles les plus roses
Pour lui faire une robe aux longs plis parfumés,
Et les myosotis aux corolles mi-closes
Entr'ouvrent leurs yeux bleus sur l'étoffe semés.

Vous ne l'avez point vue errer sous la charmille
Au reflet d'or, ou bien, par un soir pluvieux,
Venir prendre une place au foyer de famille,
Pour conter sa légende à l'oreille des vieux?

Rosa ne vous dit pas encore ses merveilles;
Non, l'espérance chante au fond de votre cœur;
Elle vous parlera lorsque vous serez vieilles,
Lorsque votre jeunesse aura perdu sa fleur.

Quand vous serez le soir tristement accoudées,
Cachant vos cheveux gris sous la coiffe enroulés,
Alors elle viendra, quand vos tempes ridées
Montreront le lit sec de beaux jours écoulés.

Allez couper les blés et les fleurs mignonnettes,
Et mêler votre voix, qui fait plaisir à Dieu,
Avec les chants perlés des folles alouettes
Qui vont baigner leur vol là-haut, dans le ciel bleu.

L'alouette gentille
Dit dans son chant joli :
Lirli! lirli! relireli!
Prends vite ta faucille,
Moissonneur, mon ami;
Sous le soleil qui brille
Tous les blés ont jauni.

L'alouette joyeuse
Dit dans son chant joli :
Lirli! lirli! relireli!
Brunette moissonneuse,
Les bons cœurs sont bénis;
Laisse pour la glaneuse
Quelques épis jaunis.

L'alouette, mes belles,
Dit dans son chant joli :
Lirli! lirli! relireli!
Mes petits ont des ailes,
Ils vont quitter le nid;
Allons, mes jouvencelles,
Coupez le blé jauni.

L'alouette volage
Dit dans son chant joli :
Lirli, lirli! relireli!
Garçon, fillette sage,
Pour bâtir vos doux nids
N'attendez pas que l'âge
Ride vos fronts brunis.

Voilà ce que vous dit le chant de l'alouette,
De l'oiseau printanier perdu dans le ciel bleu;
Il s'inspire là-haut, bien haut, ce vrai poëte,
Et va boire l'amour à la source de Dieu!

Courez et bondissez comme font les gazelles ;
Aimez, asseyez-vous près des blés entassés :
Lorsque le temps pour vous aura plié ses ailes,
Rosa vous parlera de vos beaux jours passés.

## II

Que les ans coulent vite et qu'ils sont éphémères !
A quoi bon voyager au pays des chimères,
Poëte aventureux, et qu'en rapportes-tu ?
La sagesse, l'amour, la gloire ou la vertu ?
Non : les déceptions, la misère et la honte !
Voilà ce que l'on trouve à mesure qu'on monte
Le sentier tortueux du pays enchanté
Qui s'éloigne toujours de la réalité.
Fou que j'étais ! ma vie en rêves s'est usée ;
J'ai suivi du regard une bulle irisée
Qui dansait devant moi, monde de visions
Où le soleil dardait l'or pur de ses rayons ;
Et quand j'ai cru saisir la sphère tant rêvée,
La bulle de savon dans mes mains s'est crevée.
Gloire, prisme menteur, tout s'est anéanti ;
Il ne reste plus rien, l'avenir a menti.
Plus rien ! pauvre insensé qu'un fol amour surmène,
Hélas ! j'ai trop rêvé pour la famille humaine
La paix et le bonheur : elle souffre toujours !
J'ai marché devant moi, laissant tomber mes jours,
Comme d'un fil rompu mille perles de verre,
Sans détourner la tête. Insoucieux trouvère,

J'ai chanté l'espérance et n'ai rien vu venir ;
Oublieux du passé, j'aimai trop l'avenir.
En espérant toujours, j'ai vu les ans rapides
M'effleurer en passant : tous avaient les mains vides ;
Ils ne m'ont rien laissé, rien donné, rien prêté.
Maintenant je suis seul avec ma pauvreté,
Seul avec mes ennuis et fatigué de vivre.
La coupe de cristal dont le vin vous enivre,
Que la muse présente aux poëtes aimés,
Devant moi s'est brisée, et les flots parfumés
De la liqueur divine ont disparu sous terre.
Adieu, liqueur du ciel, je n'ai plus qu'à me taire ;
Je n'ai plus qu'à porter de mon passé le deuil,
Jusqu'au jour où les clous scelleront mon cercueil.

### III

ROSA.

Comme te voilà triste, ô mon pauvre poëte !
Pour quelques cheveux blancs parsemés sur ta tête
Tu te crois déjà vieux : le cœur ne vieillit pas.
Je viens te consoler, père, tends-moi les bras.

LE POETE.

Je ne te connais point, je ne t'ai jamais vue.

ROSA.

Pourtant je suis ta fille, et la plus ingénue
Des filles de ton cœur, du temps de tes loisirs.
Reconnais donc Rosa, la vierge aux souvenirs.
Voyons, causons tous deux, je veux être indiscrète.

LE POETE.

A quoi bon? le passé n'a rien que je regrette;
C'est une cendre éteinte, il est mort à jamais.
Va, ne réveillons pas tous ces morts que j'aimais.

ROSA.

Dis, te rappelles-tu ton enfance naïve,
Où tes jours s'écoulaient comme cette onde vive
Qui passe en murmurant à travers Saint-Chamont,
Où tu courais pieds nus dans les bois, sur le mont
Que dominent les murs d'une église en ruine,
Les cheveux en désordre et perlés de bruine,
Et quand tu descendais près du ruisseau changeant,
Pour y voir les poissons à l'écaille d'argent,
La grenouille au dos vert et les groupes d'ablettes,
Autour d'elle faisant mille gambadelettes;
Et quand tu regardais, pauvre petit rêveur,
Le nuage au flanc d'or, céleste voyageur,
Projetant sur ton front l'ombre de sa grande aile;
Quand tu t'émerveillais du vol de l'hirondelle,

Et que l'extase, enfant, mouillait tes yeux de pleurs,
T'en souviens-tu, poëte? et ces moissons de fleurs
A travers les froments, à travers les prairies,
Moissons qui parfumaient tes jeunes rêveries,
Dis-moi, t'en souviens-tu?

LE POETE.

Je ne m'en souviens plus.
La verdure était sombre, et les bois chevelus
Que balançait le vent, que dorait la lumière,
De leurs lugubres voix me répétaient : Misère!
Passe, nous recélons le serpent et le loir.
Le nuage au flanc d'or tout à coup devint noir,
Le ruisseau se troubla, l'hirondelle rapide
Atteinte dans les airs par une arme stupide,
Vint tomber à mes pieds, sanglante, bec ouvert!
Le crapaud remplaça la grenouille au dos vert,
Et mes moissons de fleurs le soir étaient fanées :
Je ne me souviens plus de mes jeunes années.

ROSA.

L'espérance pourtant gazouillait dans ton cœur,
Le ciel t'émerveillait, et de sa profondeur
Ton regard eût voulu déchirer tous les voiles,
Pour voir Dieu se cachant derrière les étoiles;
Et ne le voyant point dans son grand manteau bleu,
A tes regards dansaient des visions de feu.

## LE POETE.

Je ne me souviens plus quelle était ma chimère
D'alors ; ce que je sais, c'est que j'étais sans mère,
Que mes pieds grelottaient dans mes sabots fêlés,
Et qu'il faisait bien froid sous ces cieux étoilés !
J'allais, enfant perdu que la douleur agite,
Dans un noir corridor, la nuit, chercher un gîte,
Où la bise perçait mon pantalon frangé,
Où, depuis deux longs jours n'ayant bu ni mangé,
Je rêvais de pain bis et de l'eau des fontaines.
Oh ! j'ai connu trop tôt les souffrances humaines,
La douleur est ma sœur !

### ROSA.

C'est vrai, tu la connais.
N'étais-tu pas heureux sous le ciel bourbonnais,
Quand, plus tard, à douze ans, orphelin domestique,
On te voyait courir sous ce grand toit rustique
Dont l'angle se projette où commence Moulins,
Du côté de Lyon ? De tous les orphelins
Sur qui veille toujours l'œil de Dieu qui flamboie,
N'es-tu pas un de ceux qui reçurent la joie
Et la font éclater dans leurs chants pleins d'amour.
Ainsi que les oiseaux lorsque paraît le jour ?

Alors n'avais-tu pas l'amour de la nature,
De l'admiration pour toute créature
Qui vole librement des arbres aux buissons,
Et jette sous le ciel de naïves chansons?
Les fleurs qui te parlaient dans leur langue muette,
Ne les aimais-tu pas en artiste, en poëte?
Et ton coq aux yeux d'or, à la queue en croissant,
Au plumage vermeil et tout resplendissant,
Marchant à pas comptés en levant haut la crête,
Qui semblait un bonnet phrygien sur sa tête ;
Et ce chien qui t'aimait, au regard presque humain,
Ces pigeons familiers qui mangeaient dans ta main,
Ces lapins angoras, dont la blanche fourrure
Faisait honte à l'hermine, et cette fille pure
Qui, donnant à ton front un baiser caressant,
Fit glisser un rayon céleste dans ton sang,
Ne t'en souvient-il plus?

LE POETE.

Ce sont des lettres closes.
On tuait mes lapins, on arrachait mes roses;
On égorgea mon coq, il était trop ancien ;
Un méchant dans la rue empoisonna mon chien,
Et je ne revis plus la fille aux lèvres roses
Qui le soir me disait de ravissantes choses.

ROSA.

Dis-moi, te souviens-tu de ce monde nouveau
Qui tout à coup surgit de ton jeune cerveau,
De ce jour où ton œil, épelant une enseigne,
Te découvrit la clef.du savoir?

LE POETE.

            Mon cœur saigne
Quand j'y pense, Rosa; oui, la clef du savoir
Me vint des mains de Dieu; dès lors j'eus un espoir,
Celui d'être savant, d'illustrer ma patrie!
D'être un grand citoyen. O folle rêverie,
Tu me berçais alors dans un hamac de fleurs!
O mes livres chéris, que je mouillais de pleurs,
Que j'emportais le soir, après ma tâche faite,
Dans mon petit grenier, solitaire retraite,
Où vous parliez encor, même quand je dormais!
O mes livres chéris, combien je vous aimais!
Par malheur une femme atroce et souvent ivre,
Montait, me souffletait et m'arrachait le livre.
Elle était bien méchante, ô mon Dieu! c'est affreux.
Tu le vois bien, Rosa, je n'étais pas heureux.

ROSA.

Et plus tard, sac au dos, suivant ta loi fatale,
Quand tu revins joyeux dans ta ville natale,

Riche de tes seize ans, et l'espérance au cœur,

Que tu gagnais ton pain au prix d'un dur labeur,

N'étais-tu pas heureux, réponds, ô mon poëte !


### LE POETE.

Oh! le pain du labeur! voilà le plus honnête !

J'avais, par le travail, conquis ma liberté,

Le plus beau des présents de la Divinité.

Je levais mon front haut, comme un mât dans l'orage,

Et mes yeux rayonnaient de fierté, de courage;

J'avais, pour me passer des méchants, des ingrats,

La poésie au cœur et du fer dans les bras.

O jeunesse ! ô fierté ! qu'êtes-vous devenues?

Tout cela s'est enfui comme s'en vont les nues,

Se dissolvant en pluie aux champs du laboureur.

Ma force s'est usée à force de sueurs.

Oh! comme alors le sang coulait chaud dans mes veines!

Je bravais la fatigue et me riais des peines;

Je travaillais le jour et je lisais la nuit.

Ma vie à flots pressés circulait à grand bruit,

Et me battait la tempe! Oui, je me sentais vivre ;

A la source de Dieu je buvais! J'étais ivre.

Je voyais s'éclairer, s'élargir l'horizon,

J'étais heureux, j'étais en pleine floraison.

.   .   .   .   .   .   .   .   .   .   .   .   .   .

J'avais dans ce temps-là des trésors d'avenir

Dans l'âme; il me semblait que je devais grandir,

20

Devenir chêne altier dans la forêt des hommes.

Pauvre enfant que j'étais, pauvres fous que nous sommes. .

Hélas! nous faisons tous de ces rêves dorés :

Chacun veut rendre heureux les êtres adorés

Qu'il groupe autour de lui, les enfants et la mère;

On avance, on caresse une douce chimère,

On lutte, et puis enfin, un jour la pauvreté

Ouvre les grands ciseaux de la réalité,

Et coupe froidement l'aile de l'espérance ;

On rêvait de bonheur, on trouve la souffrance.

Alors je promettais des robes de velours;

Les haillons sont venus, et les haillons sont lourds.

Marie est philosophe, elle est mon Égérie,

Mon amante, ma femme, enfin la sœur chérie

Qui suit ma pauvreté de grenier en grenier;

C'est mon premier amour, ce sera le dernier.

.  .  .  .  .  .  .  .  .  .  .  .  .  .  .  .

.  .  .  .  .  .  .  .  .  .  .  .  .  .  .  .


A Marie, à mes vers je demeurai fidèle.

Lorsque l'amour m'offrait une rose nouvelle,

Et que sous mes baisers elle allait s'entr'ouvrir,

Médecin de moi-même, afin de me guérir,

Je noyais cette fleur dans mon cœur plein de larmes.

Conscience, courage, ô vous, mes saintes armes !

Défendez-moi longtemps, préservez-moi toujours

Des lâches voluptés et des fades amours !

Oui, l'amour sexuel n'est que fange et mensonge ;

Et je pressurerai mon cœur comme une éponge
Afin d'en extirper le rapide venin
Qui dévore et transforme un Héraclide en nain.
Hydres des passions, sifflez, dressez vos têtes !
Je n'ai pas peur de vous et mes armes sont prêtes ;
J'ai pour vous terrasser la force, la fierté,
L'amour de la famille et de l'humanité !
Amour vaste et divin, j'aime ta voix sévère ;
Tu fis monter un homme au gibet du Calvaire ;
Cet homme devint Dieu, je ne suis qu'un mortel,
Mais dans mon cœur viril je te dresse un autel !
Quel que soit mon destin d'ouvrier, de poëte,
Je suivrai mon chemin en levant haut la tête !
Mon livre par ce vers, Rosa, doit se fermer :
J'ai le droit de maudire, et je ne veux qu'aimer !

FIN DES VIERGES DU FOYER.

# TABLE

FIN DE LA TABLE.

Paris. Imprimerie de PILLET fils aîné, rue des Grands-Augustins, 5.

www.ingramcontent.com/pod-product-compliance
Lightning Source LLC
Chambersburg PA
CBHW050158030726
47505CB00005B/1425